스마트 북 ③
장미 울타리

울타리글벗무학마을 펴

KB039867

도서출판 한글

출판문화수호 스마트 북 (3집)

2022년 5월 20일 1판 1쇄 인쇄
2022년 5월 25일 1판 1쇄 발행

장미 울타리

편   자 울타리글벗문학마을
기   획 이상열
편집고문 김소엽 엄기원
편집위원 김홍성 이병희 최용학 방효필 김경수
발 행 인 심혁창
주   간 현의섭
사업본부장 백근기
마 케 팅 정기영
교   열 송재덕
표 지 화 심지연
디 자 인 박성덕
인   쇄 김영배
관   리 정연웅
펴 낸 곳 도서출판 한글
우편 04116
서울특별시 마포구 신촌로 270(아현동) 수창빌딩 903호
☎ 02-363-0301 / FAX 362-8635
E-mail : simsazang@daum.net
창   업 1980. 2. 20.
이전신고 제2018-000182
* 파본은 교환해 드립니다.
* 정가 6,500원
* 국민은행(019-25-0007-151 도서출판한글 심혁창)

ISBN 97889-7073-611-2-12810

년   월   일

님께

드림

목 차

스마트 북

조선 후기 실학자
이덕무는 독서팔경을 이렇게 들고 있습니다.

① 집을 떠나 여행에서 하는 독서
② 술 마시고 약간 취기가 있을 때 하는 독서
③ 상을 당한 후 슬픔에 잠겼을 때 하는 독서
④ 옥에 갇히거나 귀양 가 있을 때 하는 독서
⑤ 앓아누워 있을 때 하는 독서
⑥ 귀뚜라미 소리 깊은 가을밤에 하는 독서
⑦ 고요한 산사에서 하는 독서
⑧ 마을을 떠나 자연 속에서 하는 독서

고문진보에는 이렇게 씌어 있습니다.

" 부자가 되려고 논밭을 사지 마라. 책속에 곡식 천만 석
   이 들어 있다.
* 고대광실 짓지 마라. 책속에 황금으로 지은 집이 있다.
* 예쁜 아내를 구하려 애쓰지 마라. 책속에 주옥같은 미
   녀가 있다."
* 소동파는 보배, 미녀, 부귀, 영달 중 제일 귀한 것이
   독서라고 하였으며 황산곡은 사대부가 가을에 사흘만
   책을 읽지 않으면 거울에 비친 얼굴이 미워진다고 하
   였다.
* 책을 읽는 사람과 읽지 않는 사람은 용모가 다르다고
   한다.
* 영국의 채스더톤은 얼굴만 보아도 평소에 책을 읽는
   사람인지 아닌지를 식별할 수 있다고 했다.

한국출판문화수호캠페인 후원멤버 모심

한국출판문화수호 캠페인에 동의하시는 분은
누구나 후원 멤버가 되실 수 있습니다.
입회신청은 이메일이나 전화로 주소와 전화번호를
알려주시고 스마트북 울타리 신청만 하시면 됩니다.

멤 버 십

일반멤버 : 1부   신   청, 정가대로 7,000원 입금자
기초멤버 : 10부 보급신청, 30,000원   입금자
후원멤버 : 50부 보급신청, 150,000원   입금자
운영멤버 : 100부 보급신청, 300,000원   입금자

입금 계좌
(국민은행 019-25-0007-151 도서출판 한글 심혁창)

미 장 **울타리**

04116
서울특별시 마포구 신촌로 270
수창빌딩 903호
* 전화 02-363-0301
  팩스 02-362-8635
메일 :simsazang@daum.net
       simsazang2@naver.com
* 카페:울타리글벗문학마을
* 문의: 010-6788-1382
         02-363-0301

한국출판문화수호캠페인중앙회

「울타리」 글벗 동인 모심

스마트 북 「울타리」는 전자문명 앞에 무너지는 출판문화와 서점을 지키자는 취지로 출판문화를 아끼는 분들이 핸드백이나 포켓에 넣고 틈틈이 읽을 수 있도록 스마트폰처럼 잡다한 내용을 담은 포켓북입니다.

스마트 북 「울타리」에는 역대 저명 작가의 대표 작품과 현대 회원 우수작품을 게재합니다. 누구나 울타리 설립 취지에 동의하시면 회원에 가입하실 수 있습니다.

회원이 되시면
1. 작품 게재(기성작가의 작품이 아닌 글은 심사 후)
2. 감동받은 정보 제공과 작품 게재.
3. 「울타리」 매호 받아 봄
4. 5부 이상 구매보급하시면 책값 할인.
5. 입회비 없음.
   * 게재 작품의 고료는 본서 5부 증정으로 대신합니다.
   * 원고는 DAUM 카페 「다운글벗동호회」로 접수.
   * 이메일(simsazang@daum.net)(simsazang2@naver.com)
* 입회비 없이 매호 1부나 그 이상 정가대로 구입신청(이메일로 성명, 주소, 전화번호 기재)하시면 우송해 드립니다.
* 포켓 스마트북 192쪽, 정가 7,000원

알림:이 울타리는 무크지가 아닙니다. 일반 단행본 스마트북 시리즈로 수시로 발행하는 비정기 일반도서입니다

울타리글벗마을 동인회

시인 윤동주 항일운동

최 용 학
(韓民會 會長)

윤동주 시인 태어난 곳(용정)

또 다른 고향

고향에 돌아온 날 밤에
내 백골이 따라와 한방에
누웠다

어둔 방은 우주로 통하고
하늘에선가 소리처럼
바람이 불어온다

어둠 속에서 곱게
풍화작용하는 백골을
들여다보며 눈물짓는 것이
내가 우는 것이냐

백골이 우는 것이냐
아름다운 혼이 우는 것이냐

어둠을 짖는 개는
나를 쫓는 것일 게다

가자 가자
쫓기우는 사람처럼 가자

백골 몰래
아름다운 또 다른
고향에 가자

앞에 시는 윤동주 시인이 1941년 9월에 서울에 살면서 쓴 시이다.

윤동주(尹東柱 1917-1945) 도 역시 독립 유공자이다.

부친 고향은 함경복도 청진(淸津)이지만. 1917 년에 북간도 명

윤동주 기념관(연세대학)

동촌(明東村)에서 태어난 분이다.

기독교와 교육자의 집안에서 태어난 선생에게 고향이란 (소학교 때 책상을 같이했던 동창 아이들의 이름과 패(佩), 경(鏡), 옥(玉)…. 이러한 이국 소녀들의 이름) '별 헤는 밤과 비슷한 뜻이리라 생각된다.

북간도의 명동 혹은 용정(龍井)이란, 특정 지명이지만 한민족의 개척사와 수난사가 담긴 이역이라는 뜻과도 비슷하다. 이러한 지역에서 1936년에 민족학교인 명동 학

교(明洞學校)를 졸업했고, 광명 중학교(光明中學校)에 재학하면서 시(詩)를 쓰는 노력으로, 항일민족정신의 기초를 닦았던 분이다.

그리고 1938년에는 한국으로 와서 연희전문학교에 진학한 후에도 송몽규(宋夢奎), 장성언(張聖彦) 등과 만나 일제의 강제적인 징병제를 반대하며 저항 정신을 담은 시작품을 발표하는 등의 활동을 하면서, 민족적 문학관을 확립하는 노력을 하여, 민족 문화 향상 및 민족의식 유발에 전념하다가 일경에 피체되었다.

그리고 1944년 3월 31일 경도지방재판소에서 징역 2년형을 받고, 옥고를 치르다가 옥사하신 분이다.

崔勇鶴

1937년 11월 28일, 中國 上海 출생(父:조선군 특무대 마지막 장교 최대현), 1945년 上海 第6國民學校 1학년 中退, 上海인성학교 2학년 중퇴, 서울 협성초등학교 2학년중퇴, 서울 봉래초등학교 4년 중퇴, 서울 東北高等學校, 韓國外國語大學校, 延世大學校 教育大學院, 마닐라 데라살 그레고리오 아라네타대학교 卒業(教育學博士), 평택대학교 교수(대학원장 역임) 현) 韓民會 會長

단재 신채호기념관(충북 청주)

故園 (고향)

(丹齋 신채호(申采浩))

一曲淸江兩岸林	한 굽이 맑은 강 두 언덕엔 숲이 있고
數間茅屋當江潯	두어 칸 초가 한 채 강 기슭에 있었네
風來面下共高枕	얼굴 아래 맑은 바람 베개를 스쳐 불고
月到簷前照彈琴	처마 끝 밝은 달빛 거문고를 비쳤었네
石逕時過踽鼠跡	돌길에는 이따금 다람쥐 지나가고
平沙不變百鷗心	모래밭엔 예대로 흰 갈매기 떠도니
如何十載不歸去	어쩌다 십년이 가도 돌아가지 못하고서
留滯燕南學越吟	이역 땅에 머물며 망향가(望鄕歌)만 부르는고

올챙이시절을 잊지 말자

◆ 박정희 대통령 이야기

진정한 애국심이 울어나는 '경상매일신문 논설고문 박영근 「최근세
사의 재조명」 저자님의 글을 양해도 없이 여기에 올립니다. 이렇게
훌륭한 글을 쓰신 박 고문님께 감사와 양해와 용서를 구합니다.

독일은 우리나라에서 광부가 가기 전에 유고슬라비아,
터키, 아프리카 등지에서 많은 광부들을 데리고 왔었다.
이들은 아주 나태하여 결국 광산을 폐쇄할 수밖에 없었다.

하지만 한국에서 온 광부들이 투입되면서 생산량이 엄
청나게 높아지자 독일 신문들이 대대적으로 보도하였고,
이렇게 근면한 민족은 처음 봤다면서 한 달 급여 120달러
에 보너스도 줘야 한다는 여론이 일어났다.

한편 독일은 왜 간호사가 필요하였느냐? 국민소득이
올라가니 3D 업종이나 힘든 일은 기피하는 현상은 어느
나라나 마찬가지였다. 특히 야간에는 일할 간호사가 없었
다. 특근수당을 더 준다 하여도 필요 없다는 것이었다.

한국 간호사들에 대하여서는 아주 후진국에서 왔는데
일을 맡길 수 없다 하여, 일부는 죽은 사람 시체를 알코올

로 닦고, 수의를 입히는 일도 하였으며, 일부는 임종이 가까운 환자들을 돌보도록 호스피스 병동에서도 근무하였는데, 한국 간호사들은 환자가 사망하면 그 시신을 붙들고 울면서 염을 하는 것을 보고 독일 사람들이 깊은 감명을 받았던 것이다.

우연한 기회에 담당 의사가 자리를 비우든지 아니면 갑자기 담당 간호사가 없을 경우엔 다른 간호사가 주사도 놓고 환자를 다루는 것을 보고 깜짝 놀라서 한국 간호사에 대한 인식이 달라지기 시작하면서 의료 분야를 맡기기 시작하였다.

더욱이 위급한 사고환자가 피를 흘리면서 병원에 오면 한국 간호사들은 몸을 사리지 않고 그 피를 온몸에 흠뻑 적시면서도 응급환자를 치료하는가 하면, 만약 피가 모자라 환자가 위급한 지경에 빠지면 한국 간호사들은 직접 수혈을 하여 환자를 살리는 등 이런 헌신적 봉사를 하는 것을 보고 "이 사람들은 간호사가 아니라 천사다" 하면서 그때부터 태도가 달라지기 시작하였고, 이런 사실이 서독의 신문과 텔레비전에 연일 보도되면서 서독은 물론 유럽 전체가 '동양에서 천사들이 왔다'고 대대적으로 보도하였다.

우리 간호사들의 헌신적 노력이 뉴스화 되자, 서독 국민들은 이런 나라가 아직 지구상에 있다는 것이 신기한 일이라며, 이런 국민들이 사는 나라의 대통령을 한번 초청하여 감사를 표하자는 여론이 확산되었다.

특히 도시에 진출한 간호사들의 실력이 독일 간호사들 못지않다는 인정이 일고 있던 시기, 한독협회 '바그너 의장'은 병원에 오면 꼭 한국 간호사만 찾는데 왜 그러느냐고 기자가 물으니 '주사를 아프지 않게 놓는 특별한 기술자'라 하여 주변을 놀라게 하였다는 것이다.

서독정부도 '그냥 있을 수 없다' 하여 박정희 대통령을 초청하였다. 이것이 단군 이래 처음으로 우리나라 국가원수가 국빈으로 외국에 초청되는 첫 번째 사례였다.

우리로서는 안 갈 이유가 없었다. 오지 말라고 해도 가야 할 다급한 실정이었다. 그래서 모든 준비를 하였으나 제일 큰 난제는 일행이 타고 갈 항공기 문제였다.

한국이 가진 항공기는 일본만을 왕복하는 소형 여객기로 이것을 갖고 독일까지 갈 수 없어, 아메리칸 에어라인을 전세내기로 하였는데, 미국 정부가 군사 쿠데타를 한 나라의 대통령을 태워갈 수 없다고 압력을 가해 무산됨으로 곤경에 처한 것이다.

그래서 연구한 것이, 어차피 창피는 당하게 되었는데 한 번 부딪쳐 보자, 이래서 당시 동아일보 사장이었던 최두선 선생이 특사로 서독을 방문하여, '뤼브케' 대통령을

예방한 자리에서,

"각하! 우리나라에서는 서독까지 올 비행기가 없습니다. 독일에서 비행기를 한 대 보내주실 수 없습니까?"

했다. 당시를 회고하는 최 박사에 의하면 그들이 깜짝 놀라 말을 못하더란 것이다. 결국 합의가 된 것이 홍콩까지 오는 여객기가 서울에 먼저 와서 우리 대통령 일행을 1,2등석에 태우고 홍콩으로 가서 이코노미 석에 일반 승객들을 탑승케 한 후 홍콩, 방콕, 뉴델리, 카라치, 로마를 거쳐 프랑크푸르트로 가게 되었던 것이다.

1964년 12월 6일, 루프트한자 649호기를 타고 간 대통령 일행은 퀼른 공항에서 뤼브케 대통령과 에르하르트 총리의 영접을 받고 회담을 한 후, 다음 날, '뤼브케' 대통령과 함께 우리 광부들이 일하는 탄광지대 '루르'지방으로 갔다.

그곳에는 서독 각지에서 모인 간호사들과 대통령이 도착하기 직전까지 탄광에서 일하던 광부들이 탄가루에 범벅이 된 작업복 그대로 강당에서 기다리고 있었다.

새까만 광부들의 얼굴을 본 박정희 대통령은 목이 메기 시작하더니 애국가도 제대로 부르지 못하였고, 연설 중 울어버렸다.

광부들과 대통령과 육영수 여사가 한 덩어리가 되어 부

둥켜안고 통곡의 바다를 이루었다. 얼마나 감동적인 장면이었을까!

독일 대통령도 울었고 현장을 취재하던 기자들마저 울었다. 떠나려는 대통령을 붙들고 놓아주지를 않았던 광부들과 간호사들은,

"대한민국 만세!"

"대통령 각하 만세!"

로 이별을 고하였다.

돌아오는 고속도로에서 계속 우는 우리 대통령에게 뤼브케 대통령이 자신의 손수건으로 눈물을 닦아 주기도 하였는데 대통령을 붙들고 우는 나라가 있다는 이 사실에 유럽의 여론이 완전히 한국으로 돌아선 것이다.

박 대통령 방문 후 서독은 제3국의 보증이 없이도 한국에 차관을 공여하겠다는 내부결정을 하였지만 국제관례를 도외시할 수 없는 상황이기에 한국 광부와 간호사들이 받는 월급을 일개월간 은행에 예치하는 조건으로 당초 한국이 요구하였던 차관 액보다 더 많은 3억 마르크를 공여하였다.

서독에 취업한 우리 광부와 간호사들이 본국에 송금한 총액은 연간 5,000만 달러, 이 금액은 당시 한국의 국민소득의 2%를 차지하는 엄청난 금액이었으며, 이 달러가

고속도로와 중화학공업에 투자되었다.

(당시 독일 간호사로 갔다가 귀국하지 못하고 지금까지 독일에 사는 80이 가까운 분(본인 밝힘을 거부)이 증언했다. 대통령이 돈을 꾸려 하지만 한국은 후진국이라 꾸어줄 수 없다고 하자 모든 간호사들이 독일 총리 앞에서 자신들의 급료를 바칠 테니 한국을 도와달라고 울면서 호소하자 총리가 크게 감동하여 한국인을 새롭게 인식하게 되었고 당시 간호사들과 박대통령은 약소국의 설움을 절감하며 한동안 통곡의 바다를 이루었다고 증언했다. 간호사들의 애국심을 보고 독일이 한국을 인정)

이후 한국과 서독 간에는 금융 문제는 물론 정치적으로도 진정한 우방이 되었다. 서독에서 피땀 흘린 광부와 간호사들이야말로 진정한 의미에서 조국근대화에 결정적으로 기여한 위대한 '국가유공자'들임에도 우리들은 그들을 잊어버린 것은 아닌지? 국가는 당연히 그들에게 '국가유공자'로 대우하여야 한다.

아우토반은 1920년대 말, 히틀러가 만든 세계 최초의 고속도로다. 히틀러는 이 도로를 전쟁을 위하여 만든 것이지만 이 도로가 있었기에 2차 세계대전 후 독일 경제부흥의 초석이 된 것이다.

이 도로를 달리던 박 대통령은 세 번이나 차를 세우고 도로 상태를 면밀히 조사하면서 울었다는 것이다.

그렇게 고속도로의 효용가치를 안 대통령은 귀국하여 경부고속도로를 건설하게 되었다.

검소한 대통령 박정희

미국 육사교과서에 수록한 한국인 임종덕과 박정희 대통령의 인연 그리고 육영수 여사가 중매를 서다.

1971년 미국은 중국과 극비리에 정상회담을 하였다. 키신저 보좌관은 이런 사실을 일본에 알렸다. 이에 임 비서관이 따졌다. 한국에도 알려야 하지 않겠냐고? 그래서 키신저는 그를 한국에 출장 보낸 것이다.

임 비서관이 박정희 대통령을 만나서 키신저의 서한을 전했다. 그런데 서한에는 국가기밀이라던 미중 양국의 회담은 빠지고 엉뚱한 부탁이 들어 있었다.

"일 하느라 장가 못 간 노총각인데 대통령 각하께서 책임지고 장가 보내세요."

박대통령이 웃으면서, 키신저는 못 말리는 친구야! 임자 자네가 임군에게 어울리는 규수가 있는지 알아봐! 육여사에게 중신을 부탁했다. 그래서 한국의 전통가문인 안국동 민대감 댁 규수를 맞아 결혼을 했다

아들 지만

임 비서관이 박대통령에게 지만이를 미국에 유학을 보내는 것이 어떠냐고 하면서 학비 일체는 자신이 부담하겠다고 제의했다. 대통령은 상기된 얼굴로 화를 냈다.

"내가 아들을 유학 보내면 지금 장차관들은 자기 자식

들도 전부 유학 보내자고 할 것이다. 공장 여공들이 피눈물로 벌어들인 외화가 장차관 자식들 학비로 쓴다면 이 나라가 언제 자립하고 자주국방 하겠느냐! 지만이는 육사를 졸업하고 중령에서 예편하면 연금으로 살 수가 있다. 그러니 앞으로 지만이 유학 이야기는 절대로 꺼내지 말게!"

부채 하나면 충분합니다.

각하! 저는 미국 맥도널드사의 데이빗 심프슨 사장입니다. 그러자 대통령은,

"먼 길 오시느라 수고가 많으셨소. 앉으시오. 아! 내가 결례를 한 것 같소이다. 나 혼자 있는 이 넓은 방에서, 그것도 기름 한 방울 나지 않는 나라에서 에어컨을 켠다는 게 큰 낭비인 것 같아서요. 나는 이 부채 하나면 충분합니다. 이보게. 비서관! 손님이 오셨는데 잠깐 에어컨을 켜는 게 어떻겠나?"

맥도널드의 무기구입과 돈 봉투

예정대로 그는 한국을 방문한 목적을 말했다.

"각하. 이번에 한국이 저희 M-16소총의 수입을 결정해 주신 것에 대해서 감사드립니다. 그 결정이 한국의 방위에 크게 기여했으면 합니다. 그리고 저의 작은 성의라 생각하십시오."

준비한 수표 봉투를 내놓자 열어보고 물었다.

"이게 무엇이오? 100만 달러라! 내 봉급으로는 3대를 일해도 만져보지 못할 큰돈이구려. 이보시오! 하나만 물읍시다. 이 돈 정말 날 주는 것이오? 그렇다면 대신 조건이 있소. 들어주겠소? 이 돈 100만 달러는 이제 내 돈이오. 내 돈으로 당신 회사와 거래를 하고 싶소. 이 돈의 가치만큼 M-16을 가져오시오."

이상은 임 비서관이 직접 본 박대통령이다.

박대통령의 친인척 관리

박 대통령은 집권 18년 동안 단 한 번도 친인척이 서울에 올라오는 것을 허락지 않았다, 또한 청와대로 초청한 적도 없으며 집안 중 누구도 외국으로 유학을 보내지 않았다. 단 한 푼의 재산도 자손에게 물려주지 않았으며, 특혜도 베풀지 않았다. 박정희 대통령에게는 어릴 적 등에 업고 다니며 극진히도 돌봐주시던 누님이 딱 한 분 계셨다. 동생이 대통령이 되었을 당시 누님은 경제적으로 무척 어렵게 살아, 올케인 육영수 여사에게 도와 달라는 부탁편지를 보냈다. 이에 육 여사는 친인척 담당 비서관에게 편지를 건네주었다. 당시 비서관은 박 대통령과 대구사범 동기고, 대통령 집안을 잘 아는 분이었다.

비서관은 대통령 모르게 은행에서 도움을 알선하여, 누님의 아들인 조카에게 택시 3대로 먹고 살도록 주선을 해

주었다. 나중에 알게 된 박 대통령은 친구이기도 했던 담당 비서관을 파면하고, 택시를 처분함과 동시에 누님과 조카를 고향으로 내려 보냈다. 조카는,

"삼촌! 대한민국엔 거주 이전의 자유가 있습니다."

울먹이며 대들었지만, 박 대통령은 단호하게 거절하였다. 누님의 원망을 들은 박 대통령은,

"누님, 제가 자리에서 물러나면 그때 잘 모시겠습니다."

하고 냉정하게 외면했다고 한다. 그 후 누님은 할 수 없이 대구에서 우유 배달로 생계를 유지했다. 단 한 분 그것도 자신을 극진히 돌봐주시던 누님이 어렵게 사시는데, 대통령이 된 지금 이렇게도 냉정하게 뿌리친 심정은 어떠했을까?

전주 콩나물국밥집 욕쟁이 할머니

애주가들이 속 풀이 음식으로 즐겨 찾는 것 중에 전주 콩나물국밥을 빼놓을 수가 없다. 뚝배기에 밥과 콩나물을 넣고 갖은 양념을 곁들여 새우젓으로 간을 맞춘 맛은 담백하고 시원하기가 이를 데 없다. 욕쟁이할머니가 개발하여 50여년의 전통을 자랑하는 전주콩나물국밥집은 예나 지금이나 애주가들이 즐겨 찾는 전주의 명물이다.

1970년대 지방시찰 차 전주에 와서 박정희 대통령은 술을 마셨다. 다음날 아침 비서가 욕쟁이 할머니 식당에

가서 콩나물국밥을 배달해 달라고 했다. 그러자 욕쟁이 할머니는,

"와서 처먹든지 말든지 해!"

하며 소리를 질렀다. 불호령에 그냥 되돌아올 수밖에 없었던 비서는 그 사실을 박대통령에게 알렸다. 이야기를 전해 들은 박대통령은 껄껄 웃으며 손수 국밥집을 찾아갔다. 그러나 대통령이라고 생각지 못한 욕쟁이 할머니는 평소대로 퍼부었다.

"이 놈 봐라. 니놈은 어쩌면 박정희를 그리도 닮았냐? 누가 보면 영락없이 박정희로 알것다, 이놈아! 그런 의미에서 이 계란 하나 더 처먹어라."

잔 받침 없는 찻잔

박대통령의 국장이 끝나고 일본인 지인들이 신당동을 찾았다. 유족들이 차 대접을 하는데, 가만히 보니 찻잔하고 받침이 하나도 짝이 맞는 게 없었다. 이에 일본인들은

"아! 박정희는 죽어서도 교훈을 주는구나."

18년간 일국의 대통령이었던 사람 집에 제대로 된 다기세트 하나가 없으니 그럴 만도 하다.

마취하지 않고 수술하다

60년대 후반 박대통령은 서울대학병원에서 수술을 받았다. 수술하기 전에 대통령은 의사에게 몇 시간이나 걸

리겠냐고 물었다. 의사는,

"수술에는 많은 시간이 소요됩니다. 그러나 마취 깨는데 시간이 더 걸리는 게 문제입니다."

박대통령은,

"그러면 마취하지 말고 그냥 하시오. 그렇게 한가하게 보낼 시간이 어디 있소."

놀란 의사가 이 수술은 통증이 너무 심해서 안 된다고 하자, 박대통령은 고집대로 마취를 하지 않고 바로 수술에 들어갔다. 그리고 수술 도중 한 번도 소리를 내지 않았다.

미 육군사관학교에서 박정희의 요청

박정희 대통령은 1965년 미국 육군사관학교 웨스트 포인트를 방문했다. 미 육사에서는 외국의 국가 원수가 방문을 하면 몇 가지 특권을 주는 전통이 있다. 특권은,

1. 즉석에서 미 육사생들의 퍼레이드를 요청하든가,
2. 미 육사생들을 상대로 연설을 하든가,
3. 미 육사에서 주는 선물을 받든가 하는 것이다.

미 육사에서 박대통령에게 특권을 말하라고 하니,(대부분 주로 즉석에서 생도들의 퍼레이드를 요청하거나, 기념품 등을 받아 가거나, 생도들을 상대로 연설을 했던 많은 국가 원수들과는 달리) 박정희 대통령은,

"지금 교정에서 벌 받고 있는 생도들을 사면해 주시오"
하고 요청했다. 그래서 미 육사 교장은 점심시간에 이들 생도들에게

"지금 교정에서 학칙 위반으로 벌을 받고 있는 260명의 생도들의 벌을 박 대통령의 요청으로 특별사면 한다."

고 특사령을 발표했다. 식당에서 점심을 먹던 미 육사 생들은 이 방송을 듣고 일어서서 기립 박수를 보냈다. 이에 박 대통령도 같은 식당 2층에서 점심을 먹다가 일어서서 손을 흔들어 화답했다.

1965~1970년에 미 육사를 다닐 때 박수를 보냈던 생도들은 졸업 후, 당시에 기피하던 한국 파병 근무를 자원하게 되었을 뿐만 아니라, 미 육사에서는 박대통령의 사면이 역사적 사실로 지금도 전해지고 있다.

그 후에도 미 육사를 졸업한 장교는 한국 근무를 영광으로 생각하는 전통이 생겨나게 되었다. 참으로 멋진 대통령에 멋진 장교들이다. 아련한 향수와 멋이 느껴지는 아름다운 이야기다.

기워 입은 바지

10.26사건 당일, 서울육군통합병원 당직군의관이 합수부 조사에서,

"응급실에 안치된 시신이 VIP일 것이라고는 어느 정도

짐작했지만 대통령일 것이라고는 꿈에도 생각하지 못했다. 바지는 도대체 몇 번을 수선했는지, 혁대는 다 해지고, 넥타이핀도 다 벗겨지고, 시계도 흔해빠진 싸구려였다."

　대통령은 사건 당일에도 바지의 허리부분을 수선해서 그 바지를 입고 최후를 맞았다.

다이아몬드 같은 충고

한 여성이 남편을 잃고 딸과 함께 살았다. 딸이 성년이 되어서도 직장을 구하지 못했고 그녀 자신도 일을 할 수 없는 상황이어서 두 사람은 소유한 물건들을 하나씩 팔아 생계를 이었다.

마침내 가장 소중히 여기는, 남편 집안에서 대대로 물려져 온 보석 박힌 금목걸이마저 팔지 않으면 안 되었다. 여성은 딸에게 목걸이를 주며 어느 보석상에게 가서 팔아 오라고 일렀다.

딸이 목걸이를 가져가 보여 주자 보석상은 세밀히 감정한 후, 그것을 팔려는 이유를 물었다. 처녀가 어려운 가정사정 이야기를 하자 그는 말했다.

"지금은 금값이 많이 내려갔으니 팔지 않는 것이 좋다. 나중에 팔면 더 이익이다."

보석상은 처녀에게 얼마간의 돈을 빌려주며 당분간 그 돈으로 생활하라고 일렀다. 그리고 내일부터 보석 가게에 출근해 자신의 일을 도와달라고 부탁했다.

그래서 처녀는 날마다 보석 가게에서 일하게 되었다. 그녀에게 맡겨진 임무는 보석 감정을 보조하는 일이었다.

처녀는 뜻밖에도 그 일이 자신의 적성에 맞는다는 것을 발견했으며 빠른 속도로 일을 배워 얼마 안 가서 훌륭한 보석 감정가가 되었다.

그녀의 실력과 정직성이 소문나 사람들은 금이나 보석 감정이 필요할 때마다 그녀를 찾았다. 그것을 바라보는 보석상의 얼굴에 흐뭇한 미소가 떠나지 않았다.

몇 달이 지난 어느 날 보석상이 처녀에게 말했다.

"알다시피 금값이 많이 올랐으니 어머니에게 말해 그 금목걸이를 가져와라. 지금이 그것을 팔 적기이다."

그녀는 집으로 가 어머니에게 목걸이를 달라고 했다. 그리고 보석상에게 가져가기 전에 이번에는 자신이 직접 그것을 감정했다. 그런데 그 금목걸이는 금이 아니라 도금한 것에 불과했다. 가운데에 박힌 보석도 미세하게 균열이 간 저급한 것이었다. 이튿날 보석상이 왜 목걸이를 가져오지 않았느냐고 묻자 처녀는 말했다.

"가져올 필요가 없었어요. 배운 대로 감정해 보니 전혀 값어치 없는 목걸이라는 걸 금방 알 수 있었어요."

그녀는 보석상에게 그 목걸이의 품질을 처음부터 알았을 것이 분명한데 왜 진작 말해 주지 않았느냐고 물었다. 보석상이 미소 지으며 말했다.

"만약 내가 그때 말해 줬다면 내 말을 믿었겠느냐? 아마도 너와 네 어머니의 어려운 상황을 이용해 내가 값을 덜 쳐주려 한다고 의심했을 것이다. 아니면 넌 절망해서 살아갈 의지를 잃었을 것이다. 내가 그때 진실을 말해 준다고 해서 우리가 무엇을 얻었겠는가? 아마도 네가 보석 감정가가 되는 것은 불가능했을 것이다. 지금 너는 보석에 대한 지식을 얻었고, 나는 너의 신뢰를 얻었다."

결국 경험을 통해 스스로 가짜와 진짜를 알아보는 눈을 갖는 일은 어떤 조언보다 값지다는 것을 알려주는 그 교훈을 그녀에게 말하고 그리고 가르쳐 주고 이야기하고 싶었던 것입니다.

자신이 판단력을 가진 사람은 절대 남을 의심하거나 절망하느라 삶을 낭비하지 않는다는 것도.

해보지 않은 경험에서는 아무것도 배울 수가 없었다. 그리고 인격이란 것은 편안하고 고요한 환경에서는 절대로 성장되지 않는다. 인생에 정답은 없고 해답은 분명 있다

배려하는 마음이 주는 보상

비바람이 몰아치던 어느 늦은 밤 미국의 한 지방 호텔에 노부부가 들어왔다. 예약을 하지 않아 방을 잡기가 어려웠다. 밖은 비가 너무 많이 쏟아졌고 시간은 이미 새벽한 시가 넘어 있었다. 사정이 딱해 보였던 노부부에게 직원은 말했다.

"객실은 없습니다만, 폭우가 내리치는데 차마 나가시라고 할 수가 없네요. 괜찮으시다면 누추하지만 제 방에서 주무시겠어요?"

그러면서 직원은 기꺼이 자신의 방을 그 노부부에게 제공했다. 직원의 방에서 하룻밤을 묵고 아침을 맞이한 노인이 말했다.

"어젠 너무 피곤했는데 덕분에 잘 묵고 갑니다. 당신이야 말로 제일 좋은 호텔의 사장이 되어야 할 분이네요. 언젠가 제가 집으로 초대하면 꼭 응해주세요."

그렇게 말하고 떠났다. 2년 후 그 호텔 직원에게 편지한 통과 함께 뉴욕행 비행기표가 배달되었다.

2년 전 자신의 방에 묵게 했던 노부부가 보내온 초청장이었다. 그는 뉴욕으로 갔다. 노인은 그를 반기더니 뉴욕

중심가에 우뚝 서 있는 한 호텔을 가리키며 말했다.

"저 호텔이 맘에 드나요?"

"정말 아름다운데 저 고급 호텔은 너무 비쌀 것 같군요. 조금 더 저렴한 곳으로 알아보는 것이 좋겠어요."

그러자 노인이 말했다.

"걱정 마세요. 저 호텔은 당신이 경영하도록 내가 지은 겁니다."

노인은 백만장자로 월도프 애스터(William Waldorf Astor)호텔 주인이었고 조지 볼트의 배려에 감동해 맨하튼 5번가에 있던 선친 소유의 맨션을 허물고 호텔을 세운 것이다. 변두리 작은 호텔의 평범한 직원이었던 조지 볼트는 그렇게 노부부에게 했던 마음 따뜻한 친절과 배려를 통해 미국의 최고급 호텔 '월도프 아스토리아'의 사장이 되었다.

그리고 조지 볼트는 노부부의 딸과 결혼했고 배려를 바탕으로 호텔을 성공적으로 경영했다. 이 한편의 드라마 같은 이야기는 실화로 1893년 미국에서 있었던 일이다. 이처럼 타인을 배려하는 것은 내가 손해 보는 것이 아니라 보상이 있다는 것을 보여준다.

다리 밑에서 난 아기

6.25전쟁 때 있었던 외국 선교사 이야기다.

북한 김일성의 남침은 평화롭던 대한민국에 수십만의 인명 피해와 이재민과 고아를 만들었다. 수도 서울을 뺏기고 낙동강까지 밀렸던 우리 국군은 유엔군과 합세하여 서울을 수복하고 평양과 함경남도까지 북진하여 승리를 눈앞에 두고 있었다.

그런데 서기 1950년 1월 14일, 해방군이란 이름으로 중공군이 압록강을 건너 개입해 옴으로 우리군은 후퇴를 했다. 그것이 유명한 1·4후퇴다.

평양까지 북진했다는 소식을 듣고 고향으로 돌아왔던 사람들은 또다시 피란민이 되어 남으로 향하거나 산속으로 숨었다.

멀리서 포성과 총성이 들리다가 돌연 요란한 폭음과 함께 연기와 불길이 솟았다. 피란민들은 겁에 질려 길 옆 숲 속에 숨기를 반복해 가며 피란길을 재촉했다. 비참한 행렬은 끝없이 이어졌다. 그때 길 한쪽이 소란해졌다. 만삭이 된 몸으로 남편과 시부모님을 따라 피란을 가던 임신부가 진통이 와서 길바닥에 주저앉아 고통을 호소했기 때문이었다. 피란민들은 걸음을 멈추고 지켜보며 안타까워하다가 이내 돌아서서 행렬에 끼어들었다.

이때 다리 옆에서 키 크고 코 큰 외국 선교사가 피란민들을 향하여 큰 소리로 외치고 있었다.

"예수 믿고 천국 가세요. 예수 믿어요!"

그는 목숨을 걸고 외치는데 피란민들은 손으로 외국인 선교사를 가리키며 머리가 돌았다고 비웃었다.

"미친 놈, 지금 사느냐 죽느냐 하는 판에 무슨 예수냐. 너나 잘 믿고 천당 가라."

"미친 놈, 지금 그런 소리 할 때냐? 도망이나 가라."

그러나 예수를 믿는 사람들은 말없이 머리를 숙여 존경을 표하기도 했다.

길가에서 예수 믿으라고 외치던 선교사가 고통을 호소하는 임산부 옆으로 다가갔다. 산모의 진통으로 어찌할 바를 몰라 발을 구르는 남편과 시부모를 향하여 서툰 한국말로 "여기서 이러면 안 돼요." 하며 임신부를 다리 밑으로 부축해 갔다.

그리고 임산부가 편히 누울 수 있는 자리를 만들면서 남편에게는 날씨가 매우 추우니 빨리 논이나 밭에 가서 곡식 단을 가져오라고 했다. 임산부 남편은 그 말을 듣자 다리에서 빠져나가 논 쪽으로 향했다. 시부모도 아들 이름을 부르며 뒤를 따라 뛰었다. 살을 에는 겨울바람이 뺨을 얼리고, 발가락이 시리다 못해 아렸다.

선교사는 어린 발을 동동 구르면서도 임산부 옆에 큰 돌을 주어다 바람막이를 만들어 주고, 다리 주위에 마른 나뭇가지와 풀을 모아 임산부 앞에 모닥불을 피웠다. 선교사는 언 발과 손을 불꽃에 녹이면서 볏짚을 구하러 간 남편과 시부모가 오기를 기다렸다. 그러나 아무리 기다려도 끝내 아무도 돌아오지 않았다.

선교사는 그들이 원망스러웠다. 임산부의 남편과 시부모도 나 몰라라 떠났는데 자기가 지금 무슨 짓을 하고 있는지 답답하기만 했다. 자기들만 살겠다고 임신한 사랑하는 부인을 버리고 달아난 남편과 시부모의 비정한 행동은 도저히 이해가 되지 않았다.

선교사는 어쩔 수 없이 임산부의 보호자가 되어야 했다. 기다리다 지친 선교사는 다리 밖으로 나가 논에서 볏짚을 한 아름 안아다 임산부를 덮어주었다. 밤이 깊어지면서 추위는 더욱 매서웠다.

그날 저녁 자정이 되었을 때 임산부의 고통스러워 몸부림치는 모습은 차마 눈뜨고는 볼 수 없었다. 자정을 넘어 새벽이 밝아올 때 임산부는 출산을 했다. 선교사는 엉겁결에 가지고 있던 주머니칼로 탯줄을 끊고 아이를 받았다.

볏짚을 더 가져다 임산부와 신생아를 덮어 주었다. 선교사는 얼마나 피곤했던지 다리 기둥에 기댄 채 쉬다가 추위도 잊고 곤한 잠이 들고 말았다.

눈을 떴을 때는 아침 햇살이 다리 밑으로 비쳐 들었다. 밤새 들리던 포성과 총소리도 잦아들고 고요했다. 눈길을 돌리던 선교사는 놀라운 광경에 눈을 가리고 말았다.

선교사가 지쳐 잠이 든 사이 매서운 바람과 추위는 더 심해져 아기엄마는 자식을 살리려고 자기 옷을 다 벗어 아들을 싸고 덮어 주었고, 자신은 알몸이 되어 오직 자식을 살리겠다는 일념으로 신생아를 감싸고 있었다. 아침 햇살을 받고 엄마 품에 안긴 아기는 하품을 하고 방긋방긋 웃고 있었다.

아기 머리 쪽에서는 김이 모락모락 피어올랐다. 선교사는 임산부를 조심스럽게 흔들어 깨웠다. 그러자 아기를 안았던 오른손이 힘없이 떨어졌다. 매서운 추위에 자식을 살리고 자신은 싸늘한 시신이 되어 있었던 것이다.

자식을 살리기 위해 그 매서운 추위에 자기 몸을 내던진 어머니의 회생이야말로 최고의 모성애요 위대한 사랑이었다. 더불어 선교사의 회생이야말로 예수님을 닮고 실천하는 위대한 사랑이었다.

선교사는 산모의 시신에 돌을 모아 돌무덤을 만들고 큰

돌에다 십자가를 그려 비를 만들어 세웠다. 잠시 기도를 한 후 옆에서 맑은 눈동자를 굴리며 방긋 웃는 천진한 신생아를 옷으로 감싸 안았다. 그리고 돌무덤을 향해 겸손히 다짐했다.

"잘 키우겠습니다. 그리고 당신의 위대한 사랑을 잊지 않겠습니다."

이렇게 다짐하고 하늘을 향해 감사의 기도를 했다.

"주님, 귀한 아들을 주시니 감사합니다."

선교사는 다리 밑에서 나와 피란 행렬에 끼어 남으로 향했다. 그 후 3년의 전쟁이 끝나고 선교사는 신생아를 데리고 본국으로 돌아갔다. 본국으로 돌아온 그는 신생아를 정식 자기 아들로 입적하고 믿음으로 양육했다.

성장한 아들은 신학교육과 의과 교육을 받고, 목회자이자 의사가 되어 양부모의 뒤를 따라 아프리카 후진국으로 가 선교사가 되었다.

지극히 검소한 부자

학자로   정치가요,   목사며   주한   미국대사
(1993-1997)였던 '제임스 레이니'는 임기를 마치고 귀국
하여 에모리 대학의 교수가 되었습니다.

그는 건강을 위해서 매일 걸어서 출퇴근하던 어느 날
쓸쓸하게 혼자 앉아 있는 노인을 만났습니다. 레이니 교
수는 노인에게 다가가 다정하게 인사를 나누고 말벗이 되
어 주었고, 그 후 그는 시간이 날 때마다 외로워 보이는
이 노인을 찾아가 잔디를 깎아주거나, 커피를 함께 마시
면서 2년여 동안 마음을 나누었습니다.

그러던 어느 날 출근길에서 노인을 만나지 못하자 그는
노인의 집을 방문하였고, 노인이 전 날 돌아가셨다는 것
을 알게 되었습니다. 그 사실을 알고 그는 곧 바로 장례식
장을 찾아 조문하면서 자신과 교제했던 노인이 바로 코카
콜라 회장을 지낸 분임을 알고 깜짝 놀랐습니다. 그때 한
유족이 다가와,

"회장님께서 당신에게 남긴 유서입니다."

라고 말하며 봉투를 건넸습니다. 노인의 유서의 내용을
본 그는 더욱 놀랐습니다. 그 유서에는 이렇게 씌어 있었

습니다.

〈2년여를 내 집 앞을 지나면서 나의 말벗이 되어 주고, 우리 집 뜰의 잔디도 깎아주며 커피도 함께 마셨던 나의 친구 '레이니' 정말 고마웠어요! 나는 당신에게 25억 달러 (2조 7천억 원)와 코카콜라 주식 5%를 유산으로 남깁니다.〉

너무 뜻밖의 유산을 받은 레이니 교수는 놀라지 않을 수 없었습니다!

첫째, 세계적인 부자가 그렇게 검소하게 살았다는 것,

둘째, 자신이 코카콜라 기업 회장이었음에도 자신의 신분을 밝히지 않았다는 것,

셋째, 아무런 연고도 없는 사람에게 잠시 친절을 베풀었다는 이유만으로 그렇게 엄청난 돈을 주었다는 사실.

레이니 교수는 자신이 받은 엄청난 유산을 자신이 교수로 있는 에모리대학의 발전기금으로 내놓았습니다. 제임스 레이니 교수가 노인에게 베푼 따뜻한 마음으로 엄청난 부가 굴러들어왔지만 그는 그 부에 도취되지 않고, 오히려 그 부를 학생과 학교를 위한 기금으로 내놓았을 때 그에게는 에모리대학의 총장이라는 명예가 주어졌습니다.

이것은 전설 같은 얘기지만 겨우 몇 십 년 전에 일어난

실화이며, 주한 미국 대사를 역임한 인물이 겪은 꿈같은 실화라 더욱 실감이 납니다.

작은 친절, 작은 배려, 작은 도움 하나가 사회를 윤택하게 하고, 서로 간의 우의와 신뢰를 돈독하게 한다는 사실을 우리는 결코 잊어서는 안 될 것입니다. 바로 친절의 힘입니다!

* 이 작은 스마트 북이 드린 감동적인 이야기는 아시는 이야기지만 이 이야기는 언제 어디서나 몇 번씩 들어도 싫지 않은 것은 독자님의 마음이 따뜻하기 때문입니다.

김귀옥 부장판사 명 판결

이 이야기는 서울 서초동 소년법정에서 일어난 일입니다. 서울 도심에서 친구들과 오토바이를 훔쳐 달아난 혐의로 구속된 소녀.

그 아이는 홀어머니가 방청석에서 지켜보는 가운데 재판을 기다리고 있었습니다. 조용한 법정 안에 중년의 여성 부장판사가 입장했습니다.

전과 14범의 소녀는 무거운 보호처분을 예상한 듯 어깨를 잔뜩 움츠렸습니다. 판사는 그런 소녀를 향해 다음과 같은 판결을 내렸습니다.

"앉은 자리에서 일어나 나를 따라 힘차게 외쳐 봐. '나는 이 세상에서 가장 멋있게 생겼다.'"

예상치 못한 재판장의 요구에 잠시 머뭇거리던 소녀는 기어들어가는 소리로 "나는 이 세상에서……."라고 입을 열었습니다. 그러자 이번에는 더 큰소리로 따라 하라며 이렇게 주문했습니다.

"나는 이 세상에 두려울 것이 없다. 이 세상에는 나 혼자가 아니다. 나는 무엇이든 할 수 있다!"

큰 목소리로 따라 하던 소녀는 "이 세상에 나 혼자가 아니다."라고 외칠 때 참았던 눈물을 터뜨리고 말았습니다. 소녀는 작년 가을부터 14건의 절도, 폭행 등 범죄를 저질러 소년법정에 섰던 전력이 있었고 이번에도 동일한 범죄로 무거운 형벌이 예상되고 있는데도 불구하고 판사는 소녀를 '법정에서 일어나 외치기'로 판결을 내렸습니다.

판사는 이러한 결정을 내리며 말을 이었습니다.

"이 소녀는 작년 초까지 어려운 가정환경에도 불구하고 반에서 상위권 성적을 유지하였으며, 장래 간호사를 꿈꾸던 발랄한 학생이었습니다. 그러나 작년 초 귀가 길에 남학생 여러 명에게 끌려가 집단 폭행을 당하면서 삶이 송두리째 바뀌었습니다. 소녀는 당시 후유증으로 병원 치료를 받았고, 그 충격으로 홀어머니는 신체 일부가 마비되었습니다. 소녀는 학교를 겉돌기 시작하였고, 심지어 비행청소년들과 어울려 범행을 저지르기 시작했습니다."

판사는 법정에서 지켜보는 참관인들 앞에서 말을 이었습니다.

"이 소녀는 가해자로 재판장에 왔습니다. 그러나 이렇게 삶이 망가진 소녀에게 누가 가해자라고 말할 수 있겠습니까? 이 아이의 잘못에 책임이 있다면 여기에 앉아 있는 여러분과 우리 자신입니다. 이 소녀가 다시 세상을 긍정적으로 살아갈 수 있는 유일한 방법은 잃어버린 자존심을 우리가 다시 찾아 주는 것입니다."

그리고 눈시울이 붉어진 판사는 눈물이 범벅이 된 소녀를 법대 앞으로 불러 세워 이렇게 물었습니다.

"이 세상에서 누가 제일 중요할까? 그건 바로 너야! 이 세상은 네가 주인공이야. 이 사실만 잊지 말아라."

그리고는 두 손을 쭉 뻗어 소녀의 차가운 손을 잡아 주었습니다.

"마음 같아서는 꼭 안아 주고 싶지만, 너와 나 사이에는 법대가 가로막혀 있어 이 정도밖에 할 수 없어 미안하구나."

서울가정법원 김귀옥 부장판사는 16세 소녀에게 이례적인 '불처분 결정'을 내리며 참여관 및 실무관 그리고 방청인들까지 눈물을 흘리게 했던 감동적인 판결은 실화 입니다.

험한 세상에 이렇게 희망을 주는 법조인이 있어 다행입니다. 소녀가 희망을 가지고 다시 일어날 수 있기를 기대해봅니다.

법보다 사랑이 우선입니다. 처벌보다는 따뜻한 사랑과 위로와 격려를 주는 판사님 의 판결이 한 소녀의 차디찬 얼음장 마음을 녹여주고 희망을 주었습니다.

아직 우리사회의 법조계에도 이런 분이 계셔서 정말 다

행입니다. 주인공이신 서울 가정법원 김귀옥 부장판사님! 당신은 이 시대의 진정한 의인이십니다. 신의 사랑과 은혜에 감사드립니다. 판사님을 사랑합니다.

청포도

이육사

감상평 박종구

내 고장 칠월은
청포도가 익어가는 시절

이 마을 전설이 주절이주절이 열리고
먼데 하늘이 꿈꾸며 알알이 들어와 박혀

하늘 밑 푸른 바다가 가슴을 열고
흰 돛단배가 곱게 밀려서 오면

내가 바라는 손님은 고달픈 몸으로
청포 (靑袍)를 입고 찾아온다고 했으니

내 그를 맞아 이 포도를 따먹으면
두 손은 함뿍 적셔도 좋으련

아이야 우리 식탁엔 은쟁반에
하이얀 모시 수건을 마련해 두렴

푸르다. 캔버스 위가 온통 푸른빛이다. 꿈꾸는 하늘빛이 푸르고, 그 아래 가슴을 열어젖힌 바다가 푸르고, 청포 자락을 휘날리며 찾아온 손님이 푸르다.

푸른 포도를 안은 두 손이 푸른빛으로 물든다.

이 푸른 캔버스를 한층 눈부시게 하는 것은 흰 빛깔이다. 곱게 밀려서 떠오는 흰 돛단배, 식탁의 빈 은쟁반, 하이얀 모시 수건….

시인은 어디 있는가. 청포도가 익어가는 고향에서 그리운 님을 기다리며 아늑한 전원생활에 취해 있는가. 거리가 먼 이야기다.

시인 이원록(李源祿:호 陸史)은 일제 강점기에 독립운동을 했던 대표적인 민족시인이다. 20여 차례의 옥고를 치르다 북경 감옥에서 옥사하였다.

1939년 「문장」지에 발표된 이 시는 어쩜 그가 영어의 몸으로 청포도가 익어 가는 고향의 7월을 시상(詩想)으로 삼았을지 모른다.

미래가 암담하던 시절 시인은 청포(靑袍)를 입고 찾아올 님을 소망하고 있었다. 그 님을 위해서 가장 소중한

것을, 인간의 손으로 얻을 수 없는 그 청포도를, 순결하게

지키고 준비한 식탁에서 맞이하려 한다.

시인이 기다리는 님은 무엇인가.

그의 이념일 수 있다. 최상의 가치로 빛나는 이상, 또는 조국일 수 있다. 암울한 현실로부터의 초출(超出), 또는 절대자의 역사 섭리에 순응하는 기다림의 미학일 수 있다.

그래서 시인의 7월은 푸르르다. 그래서 시인의 미래는 청포도 빛깔이다. 우리의 가슴을 함빡 적시는 해맑은 향기이다.

박종구

* 시인. 경향신문 동화 「현대시학」 등단, 시집 『그는』외, 한국기독
  교문화예술대상, 한국목양문학대상, 월간목회 발행인

초록빛 생명

김소엽

생명은 빛으로 오네
사랑은 연초록
눈물로 오네

겨울바람 기나 긴 동굴
오랜 기다림 끝에
참고 참아 터트린
생명의 발아(撥芽)

가슴에 묻어 둔
한 줄기 사랑
이제 불이 되었네

새순 돋듯
물기가 돌고

처음으로 내다본
세상 가득
환희의 아가(雅歌)

사랑은
보드라운 연록의 숨결
여리고 순한 가슴에서
뽑아 올린
아, 찬란한
초록빛 생명이여!

* 이대문리대영문과 및 연세대 대학원 졸업, 명예문학박사
* 〔한국문학〕에 〈밤〉〈방황〉등, 서정주 박재삼 심사로 등단
* 호서대 교수 정년은퇴 현) 대전대 석좌교수 재임 중
* 시집 「그대는 별로 뜨고」,「지금 우리는 사랑에 서툴지만」,「마음속
에 뜬 별」,「하나님의 편지」,「사막에서 길을 찾네」,「그대는 나의 가
장 소중한 별」,「별을 찾아서」,「풀잎의 노래」 등 15권
* 윤동주문학상 본상, 46회 한국문학상, 국제PEN문학상, 제7회
이화문학상, 대한민국신시임당상 수상

달빛 소리

신인호

보름달 속에서
피란 갔던 시골 동네
도랑물 소리가 들린다

달빛 등에 업고
그림자밟기 놀이하던 아이들
달빛 떠 마시며 허기를 달랬지

반석 위 조약돌로 구르는 물
흰옷에 묻어 있는 시름을
방망이로 두드려 눈물 섞어 빨던 아낙들
지금은 하얀 하늘 길 따라 떠나갔겠지

산골에 시린 고달픈 한
밤새 풀어 우는 소쩍새 소리
산촌에 밤이 울었다.

지붕 위 박꽃에 이슬 내리면
달은 새벽으로 바삐 달리고

도랑물 소리도 따라
달 속으로 흘러갔다..

신인호

* 1970년 「교육 자료」 수필 등단. 혜화, 창덕 여고 등 교직36년, 시
  집 「수평선을 태우는 해」외, 수필집 「내 마음의 지우개」 외
* 한국 문인 협회 독서 진흥위원회 위원장 국제 PEN한국 본부 이사,
  한국수필문학가협회 이사, 지구문학작가회의 회장
* (전)서울 도봉구 명예구청장, 국사편찬위원회사료조사 위원, 서울
  도봉문화원자문위원 부원장), 서울 도봉문인협회 고문, g한국크리
  스천문학가협회 회원
* 옥조근정훈장(대통령), 학습지도우수교사상 2회(문교부장관) 교육
  공로상 3회(한국교총) 중앙 뉴스 문학상, 지구문학상, 에피포토문
  학상 외

봄날, 사랑의 기도

안도현

봄이 오기 전에는 그렇게도 봄을 기다렸으나
정작 봄이 와도 저는 봄을 제대로 맞지 못했습니다

이 봄날이 다 가기 전에 당신을 사랑하게 해 주소서
한 사람이 한 사람을 사랑하는 일로 해서
이 세상 전체가 따뜻해질 수 있도록 도와주소서

이 봄날이 다 가기 전에
갓 태어난 아기가 "응아" 하는 울음소리로
엄마에게 신호를 보내듯
내 입 밖으로 나오는 "사랑해요" 라는 말이
당신에게 닿게 하소서

이 봄날이 다 가기 전에
남의 허물을 함부로 가리키던 손가락과
남의 먹살을 무턱대고 잡던 손바닥을 부끄럽게 하소서

남을 위해 한 번도 열려본 적이 없는 지갑과
끼니때마다 흘러 넘쳐 버리던 밥이며 국물과
그리고 인간에 대한 모든

무례와 무지와 무관심을 부끄럽게 하소서
자신 있게 말할 수 있게 하소서

큰 것 보다도 작은 것도 좋다고,
많은 것 보다도 적은 것도 좋다고,
높은 것 보다도 낮은 것도 좋다고,
빠른 것보다도 느린 것도 좋다고,
이 봄날이 다 가기 전에
그것들을 아끼고 쓰다듬을 수 있는 손길을 주소서

장미의 화려한 빛깔 대신에
제비꽃의 소담한 빛깔에 취하게 하소서
백합의 강렬한 향기 대신에
진달래의 향기 없는 향기에 취하게 하소서

떨림과 설렘과 감격을 잊어버린
말라비틀어진 나뭇가지 같은 몸에도
물이 차 오르게 하소서
꽃이 피게 하소서
그리하여 이 봄날이 다 가기 전에
얼음장을 뚫고 바다에 당도한
저 푸른 강물과 같이 당신에게 닿게 하소서

- 시집 「그대에게 가고 싶다」 푸른숲, 1991

그래도

최원현

nulsaem@hanmail.net

밤 12시가 다 되었다. 전철에서 내려 에스컬레이터를 타고 막 내리려는데 한 할머니가 내 발을 붙든다.

"이거 떨이인데 다 가져가요. 집에 들어가야 하는데 이게 남아서 못 가고 있어요."

노인은 스무 개가 넘을 배를 에스컬레이터 옆 좁은 공간에 쌓아놓고 있는데 말처럼 남은 것을 집으로 가져간다는 것도 쉽지는 않을 것 같았다. 다행히 아내와 함께인 것을 믿고 좋은 일 한다는 셈치고 더럭 사주기로 해버렸다. 그런데 화장실에 간 아내가 오질 않는다. 아내가 오면 나눠 들고 갈 심산이다.

스무 개가 넘는 유난히 커다란 배를 비닐봉지에 나눠 담으니 네 봉지 가득이다. 할머니께 값을 지불하고 났을 때에야 아내가 왔는데 얼굴 표정이 심상치 않다. 아니나 다를까 화가 잔뜩 나 어떻게 사람이 그럴 수 있느냐는 것이다. 요즘같이 험한 세상에 늦은 밤 아무도 없는 지하철역 화장실에 밤 12시에 아내가 들어갔는데도 혼자 가버리는 사람이 어디 있느냐는 것이다. 내 딴엔 좋은 일 한다고 으스대며 아내를 기다리던 참인데 상황은 전혀 내 예상과 달리 변해 버렸다.

그런 중에도 아내는 상황을 짐작한 듯 화풀이 감으로 잘 되었다 싶기라도 했던지 이걸 다 어쩌려는 것이냐고 눈에 불을 켰다. 나도 질세라 먹으면 되지 뭘 어떡하느냐고 했더니 배는 쉽게 다 물러버릴 것인데 이 많은 것을 어떻게 할 것이냐고 윽박지른다. 거기다 이 무거운 것을 집까지 어떻게 들고 갈 것이냐고 했다. 자기는 뾰족구두를 신어서 들고 갈 수가 없다는 것이고 나는 요즘 손이 아파 매일 치료를 받고 있는 상황인데 참으로 난감했다.

상황이 심상치 않음을 눈치 챈 할머니는 돈은 받았겠다 서둘러 자리를 뜰 채비를 한다. 나는 이미 엎질러진 물이고 내 딴엔 할머니 도와드린다고 한 것인데 뭐 그렇게까지 화를 내느냐고 따졌다.

아내는 자기도 그렇게 해 주었는데 나중에 보니 남은 것은 차가 와서 다 실어 가더라며 다 상술이라고 몰아붙였다. 그러고 보니 내가 장사 수완에 걸려든 것 같기도 하다. 하지만 어디까지나 내 생각은 순수하게 할머니를 돕고자 한 것이었고 그 마음만은 기특한 것 아니냐고 했다. 그러나 아내가 정작 화가 난 것은 아무래도 아까 지하철 화장실에 자기 혼자 남겨두고 올라와 버린 것에 대한 화풀이가 더 크게 작용한 것 같다.

사실 나는 화장실에서 나오면 바로 에스컬레이터로 연결되기 때문에 별 문제가 없다고 생각을 했다. 그러나 여자 마음은 그렇지 않은가 보다. 늦은 밤에 혼자 화장실에 들어간다는 것도 겁이 났을 법하다. 그런데 나와 보니 남편은 가버렸고 덩그마니 혼자가 되었다 생각하니 무서움증이 확 들었을 수도 있겠다. 그래 화가 나서 씩씩대며 올라왔는데 남편이란 사람이 또 일을 저질러 놓고 있던 것이다. 몇 번을 그리 해 주었다는 아내의 말에는 나도 더 할말이 없었다. 그럼에도 마음 한 구석에선 이왕 그렇게 된것이면 '그래 당신 마음이 곱소' 하고 넘어가 주었으면 얼마나 좋을까 싶기도 했다. 하지만 화가 나 있는 아내에겐 역시 무리였다.

집에까지 배를 옮기면서 큰 곤욕을 치렀다. 평소에는 몇 발짝 안 되던 거리가 이날따라 어찌나 먼지 거기다 배는 어찌 이리 커가지고 사람 힘들게 하나 싶었다. 화 난 아내에게 맡길 수도 없고 사실 뾰족구두를 신은 채로는 들고 가기가 여간 힘든 게 아니어서 아내에게 지키고 있으라 해 놓고 한 번 갖다 놓고 와서 다시 가지러 왔다.

그 밤 내내 혼자 애를 먹었다. 아내는 문을 닫고 방으로 들어가 버렸으니 어떻든 내가 이 배를 다 처리해야 하는 것이다. 배는 아이 머리 통 만하게 큰데 가져온 것 중의 반은 아내의 말대로 벌써 만지면 물렁물렁했다. 하루 내내 햇볕을 쏘여 그리된 것 같았다. 어떤 것은 손에 잡을 수 없을 만큼 흐늘흐늘한 것도 있다. 순간 속에서 은근히 부아가 치밀어 올랐다. 아내 말처럼 당했다는 생각도 들었다. 그러나 어쩌랴. 혼자 조용히 해결할 수밖에.

우선 배를 1등급, 2등급, 3등급으로 분류했다. 3등급은 지금 먹지 않으면 버리거나 즙을 내야 할 것들이다. 깎아서 큰 그릇에 썰어 담아 냉장고에 넣었다. 그리고 2등급 1등급은 하나씩 신문지로 쌌다. 그것들을 딸네부터 인심을 쓰기로 했다. 두 봉지 가득 담았다. 손주를 위해 배 깍두기를 담으라 했고 맘껏 먹으라고 선심을 썼다. 속았다는 생각과 생각잖게 돈도 들었지만 할머니께 좋은 일을 했다는 마음을 갖기로 했다. 어떻든 이 일로 우리 집엔 배 풍년이 들었다. 아내도 먹는 건 잘 먹는다. 풍덩풍덩 경비실에도 나눠주고 음식에도 푹푹 깎아 넣고 나도 냉장실에서 시원해진 배를 깎아 먹으니 입에 살살 녹는다. 워낙 배가 커서 신문지에 싸서 넣어둔 것들만도 냉장실 가득이다. 배한 번 잘못 샀다가 단단히 혼이 났다. 그래도 마음은 즐겁다. 사실이 그렇지 않더라도 모처럼 좋은 일 했다는 생각엔 변함이 없다. 딸네에도 비싼 배를 넉넉히 나눠줄 수 있었으니 그만하면 장사 치곤 괜찮은 것 아닌가. 아무리 장사라도 세상이 어찌 이리도 믿음이 없어져 버렸는지 아쉽기는 했지만 좋은 쪽으로만 생각하기로 했다. 그런데도 마음 한구석이 개운치 못한 것은 아내의 말 한마디 때문이다.

"나도 몇 번 그렇게 해 주었는데 나중에 보니 남은 것은 차가 와서 실어 가더라구요."

그래도 난 그 할머니가 그 늦은 시간에 배를 집으로 가져가게는 할 수 없었다. 피하듯 자리를 떠나는 할머니의 모습이 눈에 잡히지만 그래도 할머니께 좋은 일 했다는 생각엔 변함이 없다. 그래도 완전히 가시지 않는 마음 한구석의 떫은 아쉬움은 뭘까?

최원현

「한국수필」로 수필, 「조선문학」, 문학평론 등단. 한국수필창작문예원장·사)한국수필가협회 이사장. 월간 〈한국수필〉 발행 겸 편집인. 사) 한국문인협회 부이사장·국제펜한국본부 이사. 한국수필문학상·동포문학상대상·현대수필문학상·구름카페문학상 외

행복한 구두쇠

이주형
nikpol@naver.com

어느 교수가 관청의 모 국장을 방문했다. 국장은 회의 중이어서 소파에 앉아 기다리기로 했다. 소파 옆 서류함 위에는 지구본이 하나 놓여 있었다. 다소 무료해진 교수는 그 앞을 지나는 직원에게 장난삼아 말을 걸었다.

"지구본이 왜 저렇게 비뚤어져 있나요?"

"네? 저- 저는 건드리지 않았는데요."

직원은 당황스러운 얼굴로 답변하고는 급히 자리를 피했다. 잠시 뒤에 과장이 교수의 앞자리에 와서 앉으며 회의가 곧 끝날 것이라는 말을 전했다. 교수는 과장에게 '지구본이 왜 저렇게 비뚤어져 있나요?'라는 똑같은 질문을 했다. 그러자 과장은 싱글거리며 대답했다.

"아, 저거요? 저건 처음 갖고 왔을 때부터 그렇던데요. 국산이 뭐 제대로 된 게 있나요? 하하하"

우리나라는 겨울을 맞고 있으나 반대편에 있는 호주는 한여름이다. 우리는 추워서 옷깃을 여미는데 바닷가에서

헤엄치는 그들의 모습을 보니 이채롭다. 같은 지구 위에 살면서 왜 이런 일이 생기는 걸까. 지구본은 무슨 이유로 삐딱하게 만들어 놓은 것일까. 평생을 땅에 발 딛고 살면서도 남의 일처럼 무심했던 지구를 생각해 본다.

지구는 태양을 한 바퀴 돌면서 태양과의 거리가 멀고 가까워진다. 그러나 계절의 변화는 태양과의 거리에 관계없이 지구의 축이 23.5도 기우러진 때문이다. 지구 표면 1평방미터에 직각으로 태양이 비추면 30도의 각도일 때에 비하여 광선 에너지는 두 배가 된다. 따라서 태양광선이 지표면에 입사(入射)할 때 직각에 가까운 상태면 여름이고, 그렇지 못할 때는 겨울이 된다고 한다.

내 농장에는 관상수인 아그배나무가 자라고 있다. 이 나무는 돌배나무처럼 알사탕만한 크기의 열매를 달고 있어 아그배라는 이름이 됐다. 열매는 사과를 닮아서 흔히 꽃사과나무라 불린다. 초여름부터 새빨간 사과가 앙증맞게 열려 정원수로 사랑받는 관상수다.

열매는 작아도 과수나무인 탓에 여름이면 병충해가 심하다. 나는 되도록이면 농약의 사용을 줄여보려 애쓰고 있으나 달리 방법이 없어 한 달에 두 번 꼴로 농약을 뿌린다. 긴 소매 옷에 장갑과 모자를 쓰고 다시 보안경과 마스크로 중무장을 한다. 그래도 농약은 솟구치는 땀방울과

범벅이 되어 눈코를 가리지 않고 흘러든다. 눈이 따갑고 기침이 나오며 머리가 어지럽다. 여름철에 농약을 뿌리는 일은 물론이거니와 뙤약볕 아래서 작업하는 농사일은 이래저래 고역이 아닐 수 없다. 그렇다 보니 겨울이 추워도 일하기는 여름보다 훨씬 나을 것이라는 어이없는 푸념이 절로 나온다.

겨울은 나무의 가지치기를 해주는 계절이다. 웃자란 가지를 잘라주지 않으면 밑가지는 햇볕을 받지 못해 말라 죽고 키만 껑충해진다. 이처럼 허약해진 나무는 웬만한 비바람에도 뿌리 채 쉽게 뽑혀 쓰러진다. 겨우내 웃자란 가지와 곁가지를 좌우 모양을 보아가며 전정가위로 하나하나 자른다. 이 일은 초겨울부터 시작하여 이듬해 3월 초순 새싹이 나오기 전에 끝내야 한다.

봄이 되기 전에 혼자 몸으로 삼천 그루의 가지치기를 끝내려면 바쁘다. 팔자 형 사다리를 타고 올라서면 쌩쌩 불어오는 겨울바람이 옷깃을 파고든다. 부지런히 손을 움직여도 냉기로 전정가위를 든 손이 금세 곱아져 감각이 둔해진다. 높은 가지를 자르려고 휘어잡았다가 자칫 놓치기라도 하면 흡사 훈장님의 회초리처럼 매섭게 얼굴을 후려친다. 얼었던 살가죽에 금방 지렁이 같은 붉은 자국이 생기고 욱신거린다.

높은 가지를 자르려면 사다리 위에 올라선다. 땅이 얼어붙어 사다리는 뒤뚱거리고 가지를 자르노라 몸을 이리저리 뒤틀다보면 아차 하는 순간에 중심을 잃고 곤두박질이다. 뻣뻣하게 굳은 몸이 울퉁불퉁 언 땅에 메다 꽂히니 팔다리가 떨어져 나갈 듯 온 만신이 얼얼해진다. 정신마저 아뜩해지니 어디가 어떻게 아픈지도 모른다. 이런 까닭에 겨울이면 온몸에 크고 작은 상처가 아물 날이 없다.

이런저런 고초를 겪다 보니 막상 겨울에는 내가 언제 그랬나 싶게 생각이 뒤집어진다. 나는 어쩌지 못할 변덕쟁이다. 여름 내내 툴툴대며 겨울이 일하기는 여름보다 좋다는 생각을 하고서는, 막상 겨울이 되면 슬그머니 꽁무니를 빼니 말이다. 일이 힘들다 해서 계절을 탓하는 나는 참으로 불평꾼이다. 여름 겨울 가릴 것 없이 툴툴대지 않는가. 이쪽보다 강 건너 편에 있는 풀이 더 좋아 보인다는 피안지초(彼岸之草)의 망상에 빠져 있음에 틀림이 없나 보다.

어느 초등학교의 소풍에서 행운의 네 잎 클로버 빨리 찾기 대회가 열렸다고 한다. 한 학생이 다섯 잎 클로버를 발견했으나, 뭐 이런 것이 있나 생각하고 버렸다. 뒤에 가던 학생이 다섯 잎 클로버를 주워 한 잎을 떼니 행운의 네 잎 클로버가 되었다. 이 학생이 상을 탔음은 물론이다.

세상만사 마음먹기 나름이라고 하지 않던가. 웃자고 하는 소리겠지만, 지구본을 국산품이라 업신여기는 자기비하의 자세도 이제는 벗어나야 한다. 내 님을 보다가 남의 님을 보면 절로 심사가 뒤틀린다거나, 남의 손에 쥐어진 떡이 내 떡보다 커 보인다는 놀부 심보도 그렇다. 내 경우처럼, 제 입에 맞지 않는다고 여름 겨울 싸잡아 툴툴대는 변덕쟁이 심사 또한 버려야 하리라.

행복한 구두쇠는 이 세상에서 알게 된 친구를 하나도 버리지 않고 저축해 두는 구두쇠이고, 희망은 기다리는 것이 아니라 함께 만들어 가는 것이라 했다. 한껏 욕심을 부려 본다. 우리가 맞는 어려움을 서로 격려하고 이끌면서 모두의 희망과 결속을 다지는 행복한 구두쇠가 되어보자고.

이주형

서울농대 졸업, 연세대학원 수료, 한국문협 회원, 한국예총 고양지부부회장, 수필집 「거북이 인생냉」, 「진·간·꼭」

개구리와 올챙이

이건숙

갠지스강물은 유속이 너무 빨라서 어지러울 정도로 도도하고 늠름하게 흐르고 있었다. 인도에 선교사로 파송받은 박 목사는 바라나시에서 가장 붐빈다는 마니카르니카 가트(Manikarnika Ghat)를 바라보면서 갠지스강가에 섰다.

24시간 내내 장작을 때서 시체를 태우는 연기와 불꽃으로 부산하다. 이곳이 바로 힌두교도들이 믿고 있는 제일 우두머리 시바(shiva) 신(神)이 살고 있는 성지요, 화장터이다.

두 개의 굵은 대나무를 나란히 얽어서 죽은 사람을 묶어 실은 들것이 연신 들어온다.

남자들만 마니카르니카 가트에 들어와서 대나무 채 시신을 갠지스 강물에 텀벙 담근 뒤 기름을 죽은 사람의 몸에 흠뻑 바르고 순서를 기다린다.

옆에서는 어떤 힌두교 사제가 발가벗고 부처님처럼 가

부좌를 틀고 합장하고 앉아 파리처럼 두 손을 비벼댄다. 새벽바람이 제법 쌀쌀한데 어쩌자고 사람들이 강물에 텀벙 뛰어 들어가서 전신을 강물에 담그고 두 손으로 물을 경건하게 퍼 올려 머리 위로 올리더니 신에게 치성을 드리고 다시 물을 강물에 쏟고 있다.

사방에서 빨래를 하고 물로 뛰어든 사람들과 동물들이 목욕을 하느라고 갠지스 강물은 너무 더러웠다. 신에게 바친 꽃들로 인해서 강 가장자리는 온통 쓰레기와 꽃들로 지저분했다.

그런데 힌두교도들은 그 물을 입에 넣기도 하고 집에까지 가져가려고 놋그릇에 담는다. 하도 한심해서 박선교사가 중얼댔다.

"모두 미쳤군. 더러운 물로 첫새벽에 목욕을 하다니."

그러자 바로 옆에서 가부좌를 틀고 앉아있던 벌거벗은 힌두교 사제가 깊은 묵상에서 깨어나서 한 마디 한다.

"이 강물은 히말라야 얼음산에서 내려오는 거룩한 물이요. 하늘에서 흘러내려온 물이 이 땅을 지나서 저 세상으로 흘러가고 있어요. 그러니 이 물에 목욕을 하고 사원에 가서 경배하고 난 뒤에 화장되어 재를 강물에 띄우면 바로 환생하는 것이요."

"세상에! 이 물이 벵갈 만(Bay of Bengal)으로 흘러들어

간다고요. 이 모두가 당신들이 생각으로 만들어낸 망상이
오."

그러자 힌두교 사제는 아주 경건한 자세를 흩어트리지
않고 대꾸한다.

"이 성수에 손만 담가도 당신의 모든 죄업이 깨끗하게
씻깁니다. 여기는 시바신이 사는 성스러운 곳이요, 순례
자들의 마지막 종착역입니다. 저 화장터에서 태우는 시신
들을 보시오. 저 재를 이 갠지스 강물에 띄우면 다시 좋은
삶을 가지고 태어납니다. 이곳은 카시(Kashi)이니 함부로
말하지 마시오."

"카시가 무슨 뜻이오?"

"빛의 도시란 뜻이요. 성스러운 도시지요. 우리는 카
시에서 마지막 순례 길을 끝내지요. 바라나시에 와서 죽
으려고 과부나 시한부 인생을 사는 사람들이 인도 각지
에서 모여들어 갠지스 강가는 지금 만원인 걸 왜 모르시
오?"

"저는 유일신인 하나님을 믿는 사람이요. 하나님 한
분을 믿기만 하면 되는데 어쩌자고 이 나라는 이렇게 신
이 많아요. 3억 3천이나 되는 국민이 힌두교 신들을 섬
기느라고 힌두교도들은 죽을 지경이군요. 나처럼 진짜
신인 하나님을 믿는 순간 모든 죄가 씻깁니다. 꽃으로

당신의 신들을 치장하느라고 수고하고 있는데 내가 믿는 하나님은 그런 꽃이 필요 없어요. 그리고 당신처럼 이 추운 새벽바람을 맞으며 청승맞게 발가벗고 가부좌를 틀지 않아도 되고 이런 새벽에 차가운 강물에 들어가지 않아도 되오."

그러자 힌두교 사제는 아주 심각한 얼굴로 대꾸한다.

"당신은 올챙이요. 개구리인 내가 아무리 설명해도 올챙이는 물속에서만 사는 줄 알지요. 땅위에 올라갈 수 있다는 걸 믿지 못하지요."

그러자 박선교사도 지지 않고 대든다.

"당신이 올챙이고 내가 개구리요. 올챙이인 당신에게 내가 아무리 유일신 하나님을 설명해도 이해를 못하니 답답할 뿐이오."

그러자 한 힌두교 신자가 다가와서 박 목사의 등을 두드리면서 이렇게 말한다.

"내 눈에는 두 분이 모두 올챙이로 보입니다. 장차 개구리가 된 뒤에 다시 만나서 대화를 나누기로 하지요."

박선교사는 저들이 알아듣지 못할 한국말로 투덜댄다.

"명상만 죽어라 하더니 너무 깊이 생각하고 있군. 꼭 어린애들처럼 상상으로 산더미처럼 많은 신들을 만들어내는 사람들이 사는 나라가 바로 인도로구나."

그러자 힌두교인이 다정하게 말했다.

"걱정 마시오. 당신이 믿는 하나님도 우리 신들 중에 하나로 들어가 있으니까요."

李鍵叔

* 한국일보 신춘문예 당선, 서울대학교 독어과 졸업, 미국 빌라노바 대학원 도서관학 석사, 단편집:『팔월병』외 다수, 장편 『사람의 딸』외 9권, 들소리문학상, 창조문예 문학상, 현):크리스천문학나무(주간)

나는 누구일까?

김선주

　잠에서 깨어나 눈을 뜨자마자 그녀는 습관처럼 시계를 본다. 6시면 어김없이 일어나곤 했는데, 벌써 9시가 아닌가.

　'아차, 오늘 동영상동호회 모임이 있지.'

　그녀는 소스라치듯이 일어난다. 코로나 펜데믹 사태 때문에 2년 동안 만나지 못했던 회원들이 아닌가. 그들은 핸드폰에서 다양한 삶의 현장들을 동영상으로 만드는 재미에 푹 빠져 있었다. 처음에는 그저 회원들과 어울려 다니는 것이 좋아서 시작했는데 점점 기술이 늘어가면서 예술작품으로까지 발전하기에 이르렀다.

　남녀 회원 20여 명은 오랜 세월 동안 어울리면서 가족보다 더 친한 사이가 되었다. 같은 회원이던 남편이 심장마비로 어처구니없이 세상을 등진 뒤에 그녀는 절망감으로 생을 포기하려 했었다. 그때, 그들의 배려가 없었다면 그녀는 폐인이 되어 버렸을 것이다. 딸마저 출가하자, 그녀는 동호회 단체 카톡에 몰두하며 외로움과 답답함을 달래곤 했다. 단체 카톡은 생활의 활력소였다. 정부가 위드

코로나를 선포하자마자 회원들은 재빨리 만남을 결정했다. 언제 또다시 사태가 악화될지 모른다고 이구동성으로 의견을 모았다. 그동안 무서운 코로나에 눌려서 잔뜩 위축되어 있던 그녀도 온 몸에 생기가 돋아나는 듯했다.

그녀가 제일 먼저 한 일은 옷장을 열어 옷을 점검하는 일이었다. 옷장에서 오래 잠자고 있던 옷들은 지난 2년 동안 제대로 된 외출을 하지 못해서인지 더없이 후줄근했다. 어제, 그녀는 옷을 사야겠다고 생각하며 부랴사랴 집을 나섰다. 백화점에 가서 오랜만에 쇼핑을 한 탓인지 몹시 피곤해서 그만 늦잠을 자고 만 것이다.

그녀는 급히 샤워를 하고 나서 화장대 앞에 앉는다. 마스크를 쓰느라고 생략하던 화장을 정성들여 하고 나서, 새로 산 옷을 꺼낸다. 봄 냄새가 물씬 풍기는 연두색 원피스다. 그녀는 옷을 입고 거울에 비친 자신의 모습에 한껏 만족한다. 환갑에 이른 여자 치고는 아직 괜찮다 싶기도 하다.

급히 현관으로 가던 그녀가 갑자기 가방을 열고 핸드폰을 찾는다. 가방 속을 살살이 헤집던 그녀는 침대 옆에 있는 탁자로 급히 달려간다. 항상 핸드폰을 놓아두는 탁자 위는 말끔하다. 갑자기 뒷골에서 진땀이 배어나온다. 그녀는 이 방 저 방, 거실에서 부엌으로 화장실로 쳇바퀴 돌듯이 정신없이 돌아다닌다. 아무리 둘러보아도 핸드폰은 어디에도 없다. 조급함이 몰려오고 있다. 마음을 다잡고 집안을 구석구석 뒤져도 핸드폰은 꽁꽁 숨어버린 술래처럼 나타나지 않는다. 온 몸에 힘이 빠지고 속이 거북해진다. 그녀는 눈앞이 캄캄하고 입술이 바짝바짝 타서 바닥에 스르르 주저앉는다. 머리가 빙글빙글 돌면서 어지럼증이 몰려온다. 낭패감과 절망감이 망치로 그녀의 머리를 마구 강타하는 것 같다.

핸드폰에는 그녀의 모든 것이 담겨 있다. 지인들의 전화번호, 그녀가 속해 있는 단체의 카톡들, 은행 계좌번호, 비밀번호, 온갖 사진들, 동영상들, 약속 날짜와 내용들이 차곡차곡 기록되어 있다. 핸드폰은 그녀의 완벽한 비서였고 충실한 조언자였다.

언제부터인가 그녀는 자신에게 꼭 필요한 것들을 뇌리에 담아두지 않았다. 아니 기억할 필요가 없었다. 모든 것을 핸드폰에 저장하면 그만이었다. 중요한 것들을 기억하지 않아도 된다는 사실만으로도 그녀의 머릿속은 푸른 바다 앞에 서 있는 것같이 시원했다. 자꾸만 뒤떨어지는 기억력 때문에 노심초사할 필요도 없다는 사실이 그녀를 행복하게 했다. 게다가 하루 종일 유튜브를 틀어놓으면 온갖 소식과 지식을 알려주어서 늘 누군가와 대화를 나누고 있는 것같이 시끌벅적했다.

핸드폰은 그녀의 남편이었고 자식이었고 친구였다. 핸드폰은 고독을 잠재워주는 요술단지였다. 그녀는 위대한 과학문명에 감사하곤 했다. 그런 핸드폰이 갑자기 사라졌다는 사실에 그녀는 마치 미로에 갇힌 듯 막막하고 아득해진다.

그녀는 핸드폰을 마지막으로 사용한 것을 기억해내려 머리를 감싸 안는다. 어제 백화점에 가는 버스에서 딸과의 통화를 겨우 끌어낸다. 그녀는 딸에게 옷을 사러 간다는 말은 하지 않았다. 언제부터인가 그녀는 딸에게 소소한 얘기를 하지 않았다. 아니 할 필요가 없었다. 핸드폰에 담겨 있는 온갖 기능을 사용하기에도 너무나 벅찼기 때문이었다.

핸드폰은 정녕 어디로 갔을까? 버스에서? 아니면 백화점에서 옷을 입고 벗고 하다가? 카드를 꺼내다가? 아무리 쥐어짜 봐도 머릿속이 까만 먹물을 뒤집어 쓴 듯이 캄캄하기만 하다.

벌써 11시가 지나고 있었다. 그녀는 점심 약속이기에 바로 출발해야 한다는 생각으로 겨우 몸을 추스르고 일어난다. 그런데 오늘 만날 장소가 생각나지 않는다. 그저 아득하기만 하다. 그녀는 동호회 회장한테 전화를 해서 물어봐야겠다고 생각한다. 그녀는 허겁지겁 옆집으로 간다. 핸드폰을 빌리기 위해서다. 그녀의 난감한 표정에 옆집 여자는 핸드폰을 그녀에게 선뜻 내민다.

핸드폰을 받아든 그녀는 한동안 번호를 누르지 못하고 멍청하게 서 있기만 한다. 동호회장의 얼굴만 눈앞에 어른거릴 뿐, 전화번호가 생각나지 않는 것이 아닌가. 010 이외에는 전혀 생각이 나지 않는다. 특별히 친하게 지낸 회원들도 얼굴과 이름은 떠오르는데, 전화번호는 안개 속 같이 뿌옇기만 하다. 그게 그거 같은 열 개의 숫자가 빙글빙글 돌면서 춤을 추고 있다.

"어쩌나! 전화번호가 하나도 생각나지 않아요!"

"일단 마음을 가라앉혀요. 가만히 있다 보면 생각이 날 수 있어요. 이건 아무도 도와줄 수가 없어요."

"그럼 내 핸드폰으로 전화 좀 걸어줘 봐요. 근데 내 번호가 생각나지 않네."

"그건 내가 도와줄 수 있어요. 내가 저장해 놓았거든요."

자신의 핸드폰 번호가 타인의 핸드폰에 생생하게 살아 있음에 그녀는 겨우 안도의 숨을 쉰다. 그녀는 핸드폰을 건네주고 집으로 들어온다. 하지만 집안 어디에도 핸드폰 소리가 울리지 않는다. 그렇다면 어제 외출했을 때, 핸드

폰을 잃어버린 것이 틀림없다. 그곳이 어디인지 도저히 알아낼 수가 없는 절박함 속에 그녀는 허우적거린다,

그녀는 온 몸에 힘이 다 빠져서 어쩔 수 없이 소파에 무너지듯 주저앉는다. 외딴 섬에 유폐된 듯 아득하다. 먹빛 어둠 속에서 숨조차 제대로 쉴 수가 없다. 핸드폰 하나가 없어졌는데 순식간에 모든 것이 단절되고 고립되어 버린 것만 같다. 스스로 아무것도 할 수 없고, 한낱 허수아비일 뿐이라는 사실 앞에 그녀는 가슴을 쥐어짠다. 핸드폰은 지금 어디에서 잠자고 있는 걸까?

그토록 좋아하던 동호회 모임도 가지 못하고, 지인들에게 연락을 할 수도, 받을 수도 없는 그녀는 입안이 바짝바짝 타들어서 침조차 삼킬 수가 없다.

집안은 온통 고즈넉하고 물속처럼 조용하다. 아무도 찾지 않는 그녀는 종신형 죄수가 되어 철통같은 감옥에 갇혀 버린 듯한 절망감이 사무친다.

남편과 자식의 모습이 눈앞에 어른거린다. 지독한 그리움이 몰려온다. 핸드폰만 있으면 남편과 자식이 없어도 괜찮다고 큰소리치던 자신의 모습이 벌레처럼 오그라드는 듯하다.

온몸이 민들레홀씨처럼 가벼워지는 것 같다. 유체이탈이 되어 공중으로 부양하는 환영 속에 그녀는 눈을 스르르

감는다. 모든 것이 지우개로 지워진 뿌연 공간 속에서 한없이 무기력한 그녀의 존재가 점점 아련해진다. 그녀는 아득한 벽공을 향해 훠이훠이 날아가는 자신을 하염없이 바라보고 있을 뿐이다.

아! 진정 나는 누구일까?

김선주

---

* 이화여대 불문학과 졸업, 월간문학에 신인상 수상으로 등단,「천국의 섬」,「벚꽃은 바람에 흩날리고」등 창작집 20여 권 발간
* 윤동주문학상, 한국소설문학상, 펜문학상 등 수상
* 이대동문회 회장, 한국문협소설분과 회장, 여성문학인회 이사장 역임
* 현재 : 한국문화콘텐츠21 대표, 한국소설가협회 부이사장, 펜 국제 교류위원장

잉꼬네 집 부엉이(3)

심혁창

엄마는 거짓말을 하셨어요. 엄마가 아빠한태 할머니 모시기 싫다고 하신 거 나도 들어서 알아요. 그런데 잘못한 게 없다고 하시잖아요.

'엄마, 거짓말 하지 마셔요.' 이렇게 말하고 싶었는데 입을 꼭 다물었어요. 나보다 아빠가 더 잘 알고 계시니까 이럴 때는 아빠가 대답할 거예요. 그런데 아빠는 엄마편이 되었어요.

"명준 엄마도 잘못한 거 없었다."

저런! 아빠가 저러시면 난 누구 편이 되어야 하나요?

이때 큰아버지가 말씀하셨어요.

"신문에다 천만 원이라도 걸고 어머님을 찾아보자."

앞집 따리 찾는데 백만 원이라고 했는데 할머니를 찾는데 그것밖에 안 주어도 되는 걸까요? 큰아버지 말씀에 아무도 대답하지 않았어요. 그런데 내 머릿속에 할머니가 하시던 말씀 생각이 나는 거예요.

'늙은 부엉이가 고목 밑동으로 들어갔단다.'

이런 생각이 나면서 할머니는 틀림없이 고향으로 가셨을 거라는 생각이 들었어요.

"아빠, 할머니 고향 아시지요? 할머니 고향으로 가 보시면 안 될까요?"

아빠도 큰아버지도 놀란 듯 나를 보시는 거예요.

"네가 어떻게 그런 생각을 했느냐?"

나는 아무 말도 하지 않았어요. 대답을 어떻게 해야 할지 몰라서였지요. 큰아버지가 서두르셨어요.

"명준이 말이 맞을 것 같다. 우리 고향으로 가 보자."

고모가 고개를 저으셨어요.

"거기 떠난 지가 언제인데 거기를 가시겠어요. 우리는 집도 땅도 다 팔고 왔는데 누가 있다고 가시겠어요."

"아니다. 늙으면 그리운 것이 고향이다. 슬프고 어려우면 고향밖에 생각나는 게 없더라. 내 경험이다."

그렇게 하여 우리는 우리 차에 타고 큰아버지 차에는 고모와 큰엄마가 타시고 시골로 달려갔어요. 시골은 서울처럼 시끄럽지도 않고 파란 하늘이 호수처럼 맑고 조용했어요. 가을이라 길가에는 코스모스가 피어 아름답고 산에는 단풍이 물들기 시작했어요.

아빠 차는 동네 앞 느티나무 아래 세웠고 큰아버지 차는 동네 위로 올라가 넓은 빈터에 세웠어요. 차가 나란히 들어서도 마을은 조용하기만 하고 아무도 내다보는 사람이 없었어요. 아빠가 말했어요.

"어느 집을 찾아가야 하나……."

엄마가 생각난 듯 말했어요.

"여주 댁이라고 한 그분이 아직도 건강하실까……?"

"그 집으로 가 봅시다."

여주 댁 할머니 집 마당에 들어서자 평상에 두 노인이 앉아 재미있게 이야기를 하고 있었어요. 누구겠어요. 할머니가 그 댁에 와 계셨던 거예요. 갑자기 아들과 딸이 몰려오자 할머니가 놀라 물으셨어요.

"아아니! 여길 어떻게 알고 너희들이 온 게야?"

아빠와 큰아버지, 고모가 모두 할머니 앞에 무릎을 꿇고 말했어요.

"어머니, 저희가 잘못 했습니다."

"너희가 무슨 잘못을 했다는 거냐? 남 보기 부끄럽다 일어서라."

엄마가 할머니 손을 잡고 허리를 숙였어요.

"어머니, 제가 잘못했어요."

"무슨 잘못을 했다고 이러는 거냐?"

"저희와 함께 서울로 가세요."

"서울 안 간다. 난 여기가 좋아. 말동무도 있고 바람도 맑고 인심 좋은 동네를 두고 내가 왜 서울을 가겠느냐?"

엄마가 놀라운 듯 물었어요.

"어머니, 귀가 안 들리셨는데 어떻게 되신 거예요?"

"난 서울이 싫다. 서울만 가면 귀가 멍멍하고 아무 소리도 안 들려서 답답했는데 이렇게 고향으로 돌아오니 귀가 뻥 뚫리고 코도 시원하고 좋구나."

고모도 놀란 듯 말했어요.

"엄마, 서울서는 일부러 귀먹은 척하신 거지요?"

"아니다. 서울만 가면 난 귀가 멍멍하고 안 들린다. 여기 오니 귀도 잘 들리고 밥맛도 꿀맛이다."

"그래도 엄마 서울로 가셔야지요."

이때 여주 댁이 끼어들었어요.

"모셔가고 싶어 하는 효성은 알겠는데 늙으면 나같이 늙은이가 아들 며느리보다 좋은 거라오. 나도 자식을 다 도시로 보내고 혼자 외로웠는데 마침 이 늙은이가 와서 나를 살맛나게 하여주고 있다오. 제발 모셔가지 마시게."

할머니도 손을 저으셨어요.

"너희들이 무슨 말을 해도 안 간다. 난 여기서 여주 댁과 살다가 죽을란다. 죽거든 장사나 지내다오."

큰아버지가 다짐하듯 물었습니다.

"어머니, 정말로 안 가고 싶으세요? 아우네 집이 불편

하시면 저희 집으로 가시지요. 제가 잘 모시겠습니다."

"안 간다. 서울 가면 귀가 안 들려서 못 산다. 여기 오니 귀도 잘 들리고 살맛이 난다. 나 좀 편히 재미있게 살다 가게 내버려다오."

할머니 고집은 꺾을 수가 없었어요. 아빠가 여주 댁 할머니한테 말했어요.

"아주머니, 어머니께서 이러시니 아주머니 신세를 져야 하겠습니다."

그러면서 주머니에서 봉투를 꺼내어 드렸어요. 여주 댁 할머니는 아무 소리 없이 받으시더니 할머니한테 넘겼어요.

"이거 잘 챙기게. 두고두고 내가 과자 사 달라거든 군소리 말고 사 줘."

큰아버지도 고모도 엄마도 주머니를 털어 할머니 손에 쥐어드렸어요. 할머니가 나를 꼭 안고 말씀하셨어요.

"내가 여기 와 있는 걸 네가 알려주었지?"

나는 고개를 끄덕했어요.

"네가 제법 생각도 할 줄 아는구나. 이다음에 네가 빨리 자라서 장가갈 때 올라가마."

"네, 약속 꼭 지키셔야 해요."

"암. 나는 서울만 가면 귀가 안 들렸어. 잘 가거라."

나는 돌아오면서 생각했어요.

'잉꼬부부와 부엉이 이야기를 해 주실 때 할머니는 내가 하는 말을 다 알아들으셨었어. 할머니는 서울이라 귀가 안 들리는 게 아니야. 할머니 맘 내가 다 알아. 그건 할머니하고 나의 비밀이야.'(끝)

심혁창

* 「아동문학세상」 등단, 장편동화 「투명구두」, 「어린공주」, 「나는 어린왕자」, 「헌책방 할아버지」 외 50권, 한국문인협회, 한국아동청소년문학협회 회원, 한국크리스천문학상, 국방부장관상, 아름다운 글 문학상 수상, 울타리 발행인, 도서출판 한글 대표

목숨 걸고 하면 안 되는 일 없다

김규환

눈물겨운 명장(名匠)의 강연(펌글)

대우중공업 김규환 명장이 삼성전자 천안공장에서 강의했던 내용

저는 국민학교도 다녀보지 못했고 5대 독자 외아들에 일가 친척 하나없이 15살에 소년가장이 되었습니다.

기술 하나 없이 25년 전 대우 중공업에 사환으로 들어가 마당 쓸고 물 나르며 회사생활을 시작했습니다. 이런 제가 훈장 2개, 대통령 표창 4번, 발명특허대상, 장영실상을 5번 받았고 1992년 초정밀 가공분야 명장(名匠)으로 추대되었습니다. 어떻게 제가 상을 제일 많이 받고 명장이 되었는지 말씀드릴까요?

사람들은 건강을 잃으면 다 잃는다고 말합니다. 그러나 나는 '용기를 잃으면 다 잃는다'라고 말하고 싶습니다. 배고픔에 대해서 아십니까? 사람들은 한끼 밥 못먹으면 무슨 난리난듯 행동합니다.

그러나 이틀정도 굶으면 무더운 한여름 땡볕에서도 땀이 나지 않습니다. 그렇게 사흘을 굶으면 그때부터 토하

기 시작합니다. 나흘 정도가 되면 똥오줌도 구분하지 못하고 끝도 없이 먹어 치웁니다. 너무나 춥고 배고파서 죽을까도 생각하다가 어린 여동생 때문에 삶을 택했습니다. 그렇게 어린 여동생을 안고 구걸행위를 하면서 지냈습니다. 구걸하다가 쫓겨나 논두렁에 곤두박질치면서 이마가 찢어져 끝도 없이 피를 흘리기도 하였습니다. 우연히 할머니 한분이 우리 남매를 거두어 주셨습니다.

아주 잠시의 인연이었지만 그 날의 고마움을 잊지 못해서 그 할머니 돌아가시는 날에 자식처럼 장지로 향했으며 누구보다 통곡을 하였습니다. 지금도 그 할머니를 생각하면 눈물이 납니다. 나는 학교도 제대로 다니지 못했기 때문에 글도 읽을 줄 몰랐습니다. 우연히 신문에 난 글이 궁금해서 이게 무슨 글인가 물어봤습니다.

옆집 아주머니가 그것은 '대우가족 모신다'라는 글이라고 했습니다. 나는 '대우'라는 사람도 나만큼 외로워서 가족을 모집하는구나. 세상에 별의별 광고도 다 있구나!라고 생각했습니다.

나중에 사람을 채용한다는 뜻을 알고, 이것도 인연이다싶어 회사를 찾아갔습니다. 회사 앞에 당도하자 수위는 냄새난다고 나를 쫓아냈고 그래도 들어가야 한다고 하니까 나를 거지취급해서 심하게 때렸습니다. 거의 한시간을 얻어맞았습니다. 그것을 보고 한 임원이 수위보고 '무슨 행패냐 거둬줘!'라고 말했습니다. 서울 사람에게 거둬줘라는 말은 도와주되, 밥한끼 정도 주라는 말입니다. 그런데 경상도 말로는 '도와주되, 우리 식구로 받아줘'라는 말입니다.

그때 나를 패던 수위가 경상도 사람이라 채용해서 쓰라는 말로 알고 당시 서두칠 부장에게 그 임원이 쓰라고 했다고 전했고, 입사자격이 미달이어서 면접에 떨어졌지만 잡부로(사환) 채용되었습니다.

■ 부지런한 사람은 절대 굶지 않는다.

사환으로 입사하여 매일 아침 5시에 출근하였습니다. 하루는 당시 사장님이 왜 일찍 오냐고 물으셨습니다. 그래서 선배들 위해 미리 나와 기계 워밍업을 한다고 대답했더니 다음 날 정식기능공으로 승진시켜 주시더군요.

2년이 지난 후에도 계속 5시에 출근하였고, 또 사장님이 질문하시기에 똑같이 대답했더니 다음날 반장으로 승진시켜 주시더군요.

■ 내가 만든 제품에 혼을 싣지 않고 품질을 얘기하지 마십시오.

제가 어떻게 정밀기계 분야의 세계 최고가 됐는지 말씀드리겠습니다. 가공 시 1℃ 변할 때 쇠가 얼마나 변하는

지 아는 사람은 저 하나밖에 없습니다. 이걸 모를 경우 일을 모릅니다. 제가 이것을 알려고 국내 모든 자료실을 찾아봤지만 아무런 자료도 없었습니다. 그래서 공장 바닥에 모포 깔고 2년 6개월 간 연구했습니다. 그래서 재질, 모형, 종류, 기종별로 X-bar값을 구해 1℃변할 때 얼마 변하는지 온도 치수가공조견표를 만들었습니다. 기술공유를 위해 산업인력관리공단의 '기술시대'란 책에 기고했습니다. 그러나 실리지 않았습니다. 그런데 얼마 후 3명의 공무원이 찾아왔습니다.

처음에 회사에서는 큰일이 일어난 줄 알고 난리가 났습니다. 그런데 알고 보니 제출한 자료가 기계가공의 대혁명자료인 걸 알고 논문집에 실을 경우 일본에서 알게 될까봐, 노동부장관이 직접 모셔오라고 했다는군요.

장관 : 이것은 일본에서도 모르는 것이오. 발간되면 일본에서 가지고 갈지 모르는 엄청난 것입니다.

■ 저희 집 가훈은 '목숨 걸고 노력하면 안 되는 일 없다'입니다.

저는 국가기술자격 학과에 9번 낙방, 1급 국가기술자격에 6번 낙방, 2종 보통운전 5번 낙방하고 창피해 1종으로 바꾸어 5번 만에 합격했습니다. 사람들은 저를 새대가리라고 비웃기도 했지요. 하지만 지금 우리나라에서 1급자격증 최다보유자는 접니다. 제가 이렇게 된 비결을 아십니까? 그것은 목숨 걸고 노력하면 안 되는 것이 없다는 저의 생활신조 때문입니다.

■ 일은 어떻게 배웠냐?

어느 날 무서운 선배가 하이타이로 기계를 다 닦으라고 시키더라구요. 그래서 모든 기계를 다 뜯고 하이타이로 닦았습니다. 기계 2612개를 다 뜯었습니다. 6개월 지나니까 호칭이 '야! 이 새끼야'에서 '김군'으로 바뀌었습니다. 서로 기계 좀 봐 달라고 부탁했습니다. 실력이 좋아 대접받고 함부로 하지 못하더군요. 그런데 어느 날 난생 처음 보는 컴퓨터도 뜯고 물로 닦았습니다. 사고를 친 거죠. 그 때 알기 위해서는 책을 봐야 된다고 생각했습니다.

■ 기회는 없다. 단지 준비된 자는 반드시 성공한다.

저는 현재 5개 국어를 합니다. 저는 학원에 다녀본 적이 없습니다. 제가 외국어를 배운 방법을 말씀드리겠습니다.

저는 과욕 없이 천천히 하루에 1문장씩 외웠습니다. 천장, 벽, 식탁, 화장실문, 사무실 책상 가는 곳마다 붙이고 봤습니다. 이렇게 꾸준히 하니 나중엔 회사에 외국인이 올 때 설명도 할 수 있게 되었고 지금 5개 국어를 할 수 있게 되었습니다.

■ 기회가 저에게 찾아온 것이 아닙니다.

제가 제 자신을 위해 준비하고 노력했기에 기회를 만난 것입니다. 진급, 돈 버는 것은 자기 노력에 달려 있습니다. 세상을 불평하기보다는 감사하는 마음으로 사십시오. 그러면 부러운 것이 없습니다. 배 아파하지 말고 노력하십시오. 의사, 박사, 변호사 다 노력했습니다. 남 모르게 끊임없이 노력했습니다.

하루 종일 쳐다보고 생각하고 또 생각하면 해답이 나옵니다. 저는 제안 2만 4천 6백 12건, 국제발명 특허 62개를 받았습니다. 저는 조금이라도 도움이 되는 건 무엇이라도 개선합니다. 하루 종일 쳐다보고 생각하고 또 생각하면 해답이 나옵니다. 가공기계 개선을 위해 3달간 고민하다 꿈에서 해결하기도 했지요.

■ 새로운 자동차 "윈도 브러시"도 발명하였습니다.

유수의 자동차 회사에서도 이런 거 발명하지 못했습니다. 제가 발명하게 된 배경을 설명 드리겠습니다. 회사에서 상품으로 받은 자동차가 윈도 브러시 오작동으로 사고가 났습니다. 교통사고 후 자나 깨나 개선 생각을 했습니다. 그러다 영화 타이타닉에서 배가 물을 가르는 것 보고 생각해냈습니다. 대우자동차 김태구 사장에게 말씀드렸더니 1개당 100원씩 로열티를 주겠다고 하더라고요.

약속하고 오는 길에 고속도로와 길가의 차를 보니 모두 돈으로 보입니다. 돈은 천지에 있습니다. 마음만 있으면 돈은 들어옵니다.(다음호에 계속합니다)

협객 거지왕 김춘삼金春三 (2)

이상열

전라남도 영광 법성포 간척 사업(바다를 막아 농토를 만드는 사업)이 본격적으로 시작 된지 1년 쯤 되었을 때다.

대한자활개척단본부 사무실로 국가재건최고회의 박정희 의장 비서실로부터 전화 한 통이 걸려 왔다.

각하께서 만나 뵙기를 원하시니 2시까지 들어오라는 말만 남기고 그 이유는 말하지 않았다. 당시의 나라 사정은 불안하고 어수선했다. 5.16군사정변이 있은 후에는 대한민국 헌법은 중단되고 국회와 대법원이 무력화되었다.

군부에서는 "국가재건최고회의"라는 기관을 두어 갑작스런 군정치가 시작되었다. 나라 형편은 급박하게 돌아가고 국민들은 영문도 모른 채 불안 속에 있었다.

이런 때에 그것도 국가재건회고회의로부터 받은 전화는 사무실 직원들은 불안하면서도 의아스럽고 어수선하게 만들었다. 허나 당사자인 거지왕 김춘삼은 담담하면서도 말이 없었다.

직원들과 단원들의 분위기는 불안감이 역력했다. 그것은 국가재건최고회의 군검찰부에서는 사회정화운동이라는 명목 아래 부정부패자와 사회의 악이 되는 깡패, 사기꾼, 건달들을 마구 잡아들여 취조하고 있었다.

　한동안 말이 없이 침묵 속에 있던 그는 평상시 입던 단복과 오래된 벙거지(낡은 중절모)를 들고 사무실을 나가며 "나 갔다 올게"하자 직원들은 "정장에 넥타이라도 매고 가시죠."했다.

　"거지가 이만하면 신사지 뭐가 더 필요하단 말인가?"

　이 한마디를 하고 손에 들고 있던 낡은 벙거지를 푹 눌러 쓰고는 묵묵히 사무실을 나섰다. 국가제건최고회의 건물에 도착한 그는 입구에 들어서자 무장을 한 군인들의 경비가 삼엄한 가운데 간단한 조사를 거쳐 사무실로 안내되었다.

　의장실로 들어가기 전 비서실에는 군복차림에 대령 계급장을 단 비서실장과 앞쪽으로는 사복한 정보부 사람으로 예상되는 직원이 예리한 눈으로 지켜보고 있었다. 비서관은 김춘삼의 옷차림을 아래위로 훑어보고 물었다.

　"누구십니까?"

　"전화를 받고 온 김춘삼입니다."

"아, 거지왕 김춘삼 씨. 각하께서 기다리고 계십니다."

그가 의장실로 안내했다. 박정희 의장의 모습은 안 보이고 커다란 나무책상에는 국가재건최고회의 의장 박정희라는 명패만 보이고 그 너머 창밖을 향한 의자에 사람의 머리만 보였다.

"각하, 김춘삼 씨가 오셨습니다."

그 사람이 의자를 돌리며,

"오, 그래?"

그는 예리한 눈으로 거지왕 김춘삼을 바라보았다. 군청색 점퍼 어깨에는 왕별 두 개가 빛나고 있었다.

"임자는 나가 봐."

"네!"

비서관은 절도 있는 거수경례를 하고 나갔다. 박정희 의장은 담배를 피우며 김춘삼에게도 권했다.

"아닙니다."

겸손히 사절했다.

"임자가 그 유명한 거지왕 김춘삼이오?"

"네, 유명한지는 몰라도 김춘삼은 맞습니다."

"임자에 대한 이야기는 많이 듣고 있었어요. 지금은 대한자활개척단 단장으로 전남 영광 법성포 앞바다를 막는 간척사업을 하고 있지요?"

"네, 그렇습니다. 각하의 도움으로 많은 힘이 되고 있습니다."

"임자가 김두한, 이정재, 시라소니, 이화룡과 같이 주먹 1세대를 이끈 협객 중 한 사람이라 하던데……."

"글쎄요. 저를 그렇게 말씀을 해 주시는 것은 감사합니다만 저는 거지입니다. 과거나 현재도 미래도 거지일 뿐입니다."

"거지라……. 거, 좋지요.(잠시 생각을 하다) 자유당 정권 때는 '합심원'이란 고아원을 전국에 건립하고 6.25전쟁으로 부모를 잃고 거리를 헤매고 있는 고아를 돌봐왔다는 것을 잘 알고 있어요. 거기다 개척단을 만들어 건달들이나 부랑아들을 수용하여 바다를 막아 농토를 만들고 길을 닦고 재난을 방지하기 위해 방죽을 쌓고 하는 일은 아무나 하는 일이 아니에요. 임자 같은 사람이야 말로 진정한 애국자예요."

그리고 이어 말했다.

"지금 이 나라는 임자 같은 사람이 필요해요."

"저를 많은 사람들이 주먹 패나 건달로 오해하시는 분들이 많은데 저는 깡패나 건달이 아닙니다. 그저 무식한 거지일 뿐입니다. 그런 제가 무슨 훌륭한 사람이라니 당치 않으십니다. 저는 오로지 거지들과 불우한 이웃을 위해 뛸 뿐입니다. 그들을 위해 바다를 막고 거리의 폐품을 줍는 것은 오로지 거지들의 삶을 위해서입니다. 저는 단원들에게 무소유無所有란 말을 자주 합니다. 아무것도 소유하지 말라는 의미로 말하는 것이 아니라 불필요한 것을 소유하려는 마음을 갖지 말라는 뜻에서 사용하곤 합니다."

"사실은 임자의 그런 보고를 받고 깊은 감명을 받았어요. 하여 국가 최고회의를 통해 정부차원에서 도울 수 있는 길을 찾아보라고 했어요."

"각하, 감사합니다. 열심히 하겠습니다."

박정희 의장은 심각하게 말했다.

"내가 더 감명을 받은 것은 나라를 좀먹고 있는 깡패나 건달들을 설득시켜 개척단원으로 참여시켰을 뿐 아니라 그들을 합동결혼식을 올리게 하고 삶의 희망을 찾아준 것이오. 그것도 무려 1,700쌍을 짝을 지어 주려면 많은 어려움이 있었을 텐데."

"네, 각하 그렇습니다."

하고 이야기를 시작했다. 내용은 이렇다. 여러 모로 생각하다 남녀 합하여 3,400명을 경기고등학교 운동장으로 모이게 하고, 남자와 여자를 분리해 운동장 끝 쪽으로 세웠다. 이들은 서로, 대면을 한 적도 없고 키가 큰지, 작은지, 예쁜지, 미운지, 곰보인지 서로 모르는 상태에서 짝을 만나게 하는 일은 너무나도 어려웠다. 여러 모로 생각한 끝에 이런 희한하고도 별난 생각을 해낸 것이다.

백 명씩 일렬로 세워 미리 준비한 수건으로 눈을 가리게 하고 앞으로 뛰어 하는 훈령 소리에 일제히 달려 나가다 서로 만나는 상대가 자기의 짝이 되게 하였다.

이때 이야기를 듣던 박정희 의장은 탁자를 치며 호탕하게 웃었다.

"하하하, 정말 기발한 생각이구먼. 별나고 특별한 결혼식이야. 으하하하하."

갑자기 탁자를 치는 소리와 웃음소리에 놀란 비서관은 급히 문을 열고 들어서며 물었다.

"각하 무슨 일이십니까?"

박정희 의장은 여전히 웃으며 손을 저었다.

"아무 것도 아니야. 나가 보라구."

"네, 각하."

비서관은 이상하게 생각하며 사무실을 나갔다.

"임자는 참으로 못 말리는 엉뚱하고 별난 사람이오."

"별난 인생이라 죄송합니다."

하고 웃으니 박의장도 따라 호탕하게 웃었다. 마치 어린 시절 근심 걱정 없었던 동심의 세계로 돌아온 것같이 둘은 마냥 즐거워했다. 웃음을 멈춘 박정희 의장은 또 엉뚱한 질문을 했다.

"임자는 한일극장 뱀 소동과 당대 협객이었던 시라소니(이성순)와 대결한 유명한 일화가 있다던데 한번 털어 놔 보시오. 요즘 국가일로 골치 아파 죽겠는데 오랜만에 임자 덕에 웃어봅시다."

마지못해 이야기하는 거지왕 김춘삼의 말의 내용은 이러했다.

전쟁 중에 부모를 잃고 거리를 헤매고 있는 지금의 양딸을 만나게 되었다. 착하고 똑똑하고 거기다 예쁘기까지 했다. 우리는 가족이 되어 사랑을 주고받았다. 그러던 어느 날 서울에 있는 한일극장에서 직원을 모집한다는 신문 광고를 보고 그녀가 면접을 본 것이 합격되어 극장 사무실에서 근무하게 되었다.

사장은 예쁘고 날씬한 몸매를 가진 신입사원을 보는 순간 음흉한 생각을 하게 되었다. 입사한 지 2개월 정도 되었을 때, 어느 날 저녁 마지막 영화 상영이 끝나고 늦게 남아 있던 그녀가 퇴근을 하려고 할 때 사장으로부터 전화가 걸려왔다. 커피 한잔만 타가지고 사장실로 오라고 했다. 사장님께서 이 시간까지 사무실에 계신 것을 이상히 여기며 찻잔을 들고 사무실로 들어섰다.

탁자 위에 찻잔을 내려놓고 나가려는 순간 사장은 다가서며 능글맞게 수작을 걸어왔다. 손목을 잡으며 피곤할 때 쉬는 간이 침랑으로 밀었다. 내 말을 들으면 월급도 올려주고 행복하게 해주겠다며 강제로 치마를 걷어 올렸다. 힘을 다해 반항했지만 역부족이었다. 그래도 최선을 다해 거세게 반항을 하는 그녀를 사장은 억센 주먹으로 여자의 연한 넓적다리를 강타했다.

그녀는 "윽!" 소리와 함께 실신하고 말았다. 사장은 무자비한 악마가 되어 자기 욕구를 채웠다. 그로 인해 얼마 안 가서 그녀는 임신을 하게 되었고 늘 불안 속에 있다가 할 수 없이 사실을 사장에게 말했다. 말을 듣고 난 사장은 얼굴색 하나 변하지 않은 채 돈 몇 푼을 던져주며 병원에 가서 애를 지우라고 했다.

혼자만 애태우던 그녀는 더 이상은 참을 수가 없어 아버지(거지왕 김춘삼)에 사실대로 털어놨다. 딸의 말을 듣고 난 거지왕 김춘삼은 분한 마음을 억누르고 그날 밤을 보낸 뒤 한일극장을 찾았다.

"누구십니까?"

"인사는 나중에 하기로 하고 먼저 나한테 맞아야 되겠어."

눈 깜짝할 사이 김춘삼의 주먹과 발이 사장의 얼굴을 강타했다. 덩치가 큰 사장은 순식간에 마룻바닥에 뒹굴었다. 건장한 남자 직원들이 소리를 듣고 달려와 대들었지만 그들 역시 거지왕 김춘삼의 발과 주먹에 쓰러지고 말았다.

"내가 누구냐고? 내가 바로 거지왕 김춘삼이야! 네가 농락한 여사원의 애비도 되고……. (오른 발로 사장 목을 누르며) 이 나쁜 놈, 네 놈이 내 딸을 겁탈하고 임신까지 시켜놓고 돈 몇 푼을 던져주며 애를 떼라고? 이 죽일 놈 어떻게 할 거야. 책임을 져야지?"

"죽을죄를 졌습니다. 그에 대한 배상은 충분히 해드리겠습니다."

"배상? 당신 돈이 많은가 보지? 돈이면 다 된다고 생각하는 네놈을 가만 둘 수가 없어. 꽃 같은 내 딸의 장래는 사람의 탈만 썼을 뿐 악마네.(미친 듯 반은 울고 웃으며 발로 목을 조이며)으하하 흑흑."

말이 떨어지자 그의 오른발은 사장의 얼굴을 강타하자 피가 튀어 오르고 얼굴은 흉악하게 일그러졌다.

"너는 내 딸에 대한 책임을 일평생 지고 살아야 할 거야."

사장과 직원들을 반 죽을 정도로 만들어 놓은 것도 부족해 사무실 집기와 명패를 부수고 뇌성 같은 울음 섞인 소리를 토해내며 사무실을 나왔다.

사무실로 돌아온 거지왕 김춘삼은 급히 지리산 땅꾼을 불러올리고 그들을 통하여 구렁이 독사, 살모사, 율무기(꽃뱀)등을 구입하고 이빨을 뽑았다.

그리고는 각각 다섯 자루에 나눠 담았다. 대원들을 시켜 영화가 한창 상영되는 시간에 극장 여기저기 앉아있던 대원들은 뱀을 풀어 놓았다.

10분 정도 지났을 때 아악~ 하는 자지러지는 비명소리가 들리고 여기저기서 뱀이다, 어머나! 하나님 하고 아우성이었다.

뱀은 여자의 다리를 기어오르고 의자에까지 올라와 손끝에 잡히자 소스라치는 비명으로 극장 안은 난장판이 되고 말았다.

영화도 중단되고 극장 안은 불이 들어왔다. 관객들은

출구를 향하여 서로 먼저 나가려고 밀치고 쓰러지며 아우성이었다. 신문에도 기사화되어 전국의 화제거리가 되었다. 그 뒤로 1년 이상 영업이 되질 않았다고 한다. 그 다음 이야기는 상상에 맡기며, 다음이야기를 하겠습니다.

박정희 의장은 활짝 웃으며 박수를 쳤다. 거지왕 김춘삼은 다시 시라소니에 대한 이야기를 시작했다. 시라소니는 당대의 의리의 주먹 잡이었고 박치기의 명수이자 싸움의 명수였다. 그렇다고 약한 자를 괴롭히거나 깡패로 살아가는 부랑아는 아니었다.

지금은 북한에서 월북한 사람들끼리 모여 있는 명동 이화룡 파에 적을 두고 있었다. 중국 일대와 만주를 오가며, 일본인들과 마적, 깡패들을 혼내 주었던 협객으로 빨갱이(공산주의)가 싫어 남한으로 온 사람이다.

그는 어떤 상대든 힘을 겨뤄보기를 좋아했다. 김두한 대장하고도 그랬고, 이정재하고도 그랬다. 김춘삼에게도 어떤 소문을 들었는지 몰라도 어느 날 정중하게 결투를 신청해 왔다.

그러던 어느 가을날 충무로3가 수도극장 옆 수도다방에서 서로 만나게 되었다. 둘은 누가 먼저라 할 것도 없이 눈빛으로 오늘 결판을 내자는 뜻을 교환했다. 김춘삼은

"여기는 영업장소니 밖으로 나가자"

하자 시라소니는 "거 좋지"로 답변했다.

먼저 밖으로 나온 김춘삼은 도로 가로수 앞에 서서 기다렸다.

드디어 시라소니는 다방 문을 나와 거지왕 김춘삼 앞으로 다가섰다. 순간 비호같이 몸을 날려 머리를 날렸다. 그 사이 김춘삼이 비호같이 피하자 시라소니의 머리는 '쾅!' 하는 소리와 함께 가로수 나무에 박치기를 하자 가지가 흔들리며 낙엽이 우수수 떨어질 정도로 엄청났다.

얼마나 세게 받았는지 가로수 아래 주저앉아 한동안 눈을 감은 채 일어나질 못했다.

김춘삼은 다가서며

"당신의 박치기는 괴물이었소. 내가 오늘 피하지 않고 그 박치기를 맞았다면 아마 나는 이 세상 사람이 아닐 것이오. (웃으며) 당신을 살인자로 안 만들었으니 감사하시오. 그리고 천하가 다 아는 거지하고 싸워 이겼다고 하면 세상 사람들이 뭐라 하겠소. 거지나 때리고 협박하는 졸장부다 할 것 아니오. 자, 이만하면 내가 당신의 은인이 아니오. 앞으로 우리 좋은 친구가 되어봅시다."

그러면서 시라소니에게 손을 내밀었다. 김춘삼의 말을

듣고 난 그는 어이가 없다는 듯 웃으며 손을 내밀어 마주 잡았다.

"당신은 정말 비호같았어. 아직까지 내 주먹과 박치기를 피한 사람은 없었거든, 당신이 내 박치기를 피한 첫 번째 사람이오."

"그런가요?"

둘은 기분 좋게 웃었다. 그 후 시라소니는 자유당 시절 대통령 후보 신익희 선생의 경호와 장면 선생님의 경호를 맡기도 했다. 그는 건달 세계를 뒤로한 채 그 누구도 모르게 사라졌다가 진실한 기독교인이 되었다.

교회를 개척하여 어려움을 당할 때 김춘삼은 자신이 운영하고 있던 체육관을 내주기도 했다.

박의장은 김춘삼씨의 이야기를 다 듣고는 "참으로 아름답고 즐거운 얘기 고마웠어요. 오랜만에 인간다운 소리를 들은 것 같습니다."

"감사합니다."

"임자를 이렇게 부른 것은 국토개발단 문제로 보자고 했소."

"국토개발단이라니요?"

"그렇소, 개발단을 임자가 맡아주었으면 좋겠어요. 그

동안 국가를 좀먹고 선량한 백성을 괴롭혀 왔던 부정축재자, 불량기업인, 깡패, 건달 할 것 없이 악질적인 자들을 사회운송차원에서 국토개발단 단원으로 입소시켜 형무소 대신 사회사업 기관에서 일정기간 봉사할 수 있도록 하는 사업이에요. 이 일을 감당할 사람을 아무리 찾아도 임자밖에 없다고 생각했어요."

"하지만 저는 이미 대한 자활개척단을 이끌고 있지 않습니까? 더 좋은 사람을 찾아보시죠."

"알고 있어요. 그러나 아무리 생각해 보고 찾아봐도 임자만한 적임자가 없어요. 양 단체의 목적이 같으니 필요할 때는 단원들을 분리시켜 참여시켜도 됩니다. 각 단체마다 책임을 지고 관리할 총책을 두어 운영을 하면 되지 않겠소. 임자는 충분히 해낼 수 있어요."

김춘삼은 잠시 생각을 하다가 결심을 하고는

"좋습니다. 각하의 말씀대로 하겠습니다."

박의장과 김춘삼은 서로 악수를 나누며 다시 다짐했다. 그 즉시 비서관을 오라 하여 미리 준비한 임명장을 가져오라고 했다.

이미 국토개발단 단장으로 임명할 것을 결정해 놓고 준비하고 있었던 것이었다. 비서관은 박의장에게 임명장을 전하고 박의장은 받아들고는 정중하게 낭독을 하고 김춘삼에게 넘겼다. 순식간에 모든 것이 결정되고 임명장이 수여되었다.

비서관과 직원 몇 사람이 박수로 축하해 주었다. 김춘삼은 자리에서 일어나며

"각하, 오늘 유익한 얘기 많이 들었습니다. 부족하지만 최선을 다하겠습니다. 행정적인 일들은 담당부서에 연락하여 추진해 나가겠습니다. 각하 이만 물러가겠습니다."

"김춘삼 씨, 정말 고마워요."

하고 손을 들어주었다. 사무실로 돌아온 그는 곧바로 중진들을 소집하고 박정희 의장과의 대화에서 결정된 내용을 설명하며 임명장을 보여줬다. 직원과 단원들은 합창이라도 하듯 "와" 하며 박수로 환영했다. 직원 중 한 사람이

"혹시 잘못 되지나 않나 하고 걱정을 했습니다."

김춘삼은 아무 일도 아니라는 듯이

"걱정은 왜 해, 내가 무슨 죄를 졌다고 죄가 있다면 내가 거지고, 부모를 잃은 아이들을 위해 고아원을 설립하고 개척단을 만들어 바다를 막고 농토를 만든 것이 죄라면 어쩔 수 없지."

직원과 단원들은 "네, 맞습니다. 오히려 상을 받아야지요. 우리 거지왕 최고 우리 단장님 최고!" 하고 기뻐하며 박수로 환영했다.

군사정부로부터 지원을 받고 대한자활개척단과 국토개발단의 사업을 할 수 있다는데 모두가 반갑고 행복했지만 거지왕 김춘삼은 그렇지 않았다.

새로운 조직은 어떻게 할 것이며 거칠고 험악하게 살아온 그들에게 어떻게 희망을 주고 이끌 것인가 하는 걱정으로 마음 무겁기가 태산 같았다.

깊은 산사를 찾아 고뇌하며 며칠을 보냈다. 일주일간 잠적해 있던 그는 모든 계획을 머리에 담고 사무실에 나타났다. 궁금하고 답답했던 직원과 단원들은 반갑게 맞았다.

임원들과 전문가들이 머리를 맞대고 국토개발단 목적과 취지에 맞는 사업방침을 담은 계획서를 만들게 하고, 완성된 보고서(계획 4)를 들고 국가재건최고회의 박정희 의장에게 보고했다.

한편으로는 조사단을 조직하고 전국 도청과 군으로 담당자를 만나게 하여 농촌현장을 조사하고 피해가 많은 곳을 순서로 작업에 들어가게 했다.

국가재건최고회의 청사 앞에서 간단하게 결단식을 하였다. 삼백여 명의 인원을 첫 단계로 서울에서 도보로 강원도 원주까지 인근에 있는 마을 둑을 막는 일이었다. 매년 장마철이 되면 물이 넘쳐 농지를 쓸어 농민들이 많은 피해를 입었다.

1차 현장으로 선발되어 가는 인원은 죄의 경향에 따라 6개월, 1년, 2년을 개발단에서 일을 해야 자유의 몸이 될 수 있는 죄수의 몸이었다. 이들을 감시하는 인원은 20여 명이었다.

만일 말썽을 부리거나 사고를 칠 경우에는 거기에 따른 엄벌에 처해졌다. 처음은 부지런히 걷는 것 같았으나 양평까지 왔을 때는 힘에 부쳐 한명 두 명씩 주저앉았다. 그래도 그들은 걸어야 했고 말을 듣지 않거나 이탈할 경우에는 사정없이 엄한 벌에 처해졌다.

여기저기서 꼬장을 부리며 반항했지만 여기서는 통하지 않았다. 걷다가 날이 어두우면 난장에서 잠을 청해야 했고 식사는 주먹밥으로 대신했다.

이렇게 걷고 자고 하는 사이 목적지 원주까지 도착했으나 주위를 더 돌고 돌아 일주일이 되는 날 원주 인근 어느 마을에 도착했다.

마을 이장과 주민들이 마중을 나와 환영을 해주었다. 안내받은 곳은 조그마한 초등학교 분교에 잠자리가 준비되어 있었고, 마을주민들이 준비한 조출한 식사가 교실 안에 준비되어 있었다.

그들은 음식을 보자 배 채우기에 바빴다.

참으로 오래간만에 음식다운 음식을 먹어 보는 기분은 천국에 온 기분이었다. 식사가 끝나자 그들은 하나 둘 지친 몸을 마룻바닥에 눕히고 꿀 같은 잠에 취했다.

아침이 되어 학교운동장에 나와 보니 시야에 들어오는 풍경은 참으로 아름답고 평화로웠다. 마을 뒤로는 아름다운 산맥이 흐르고 50호 정도 되어 보이는 정다운 집들이 모여 있고 학교와 몇 개의 가게가 있었다.

앞으로는 밭과 논이 있는 평야가 보이고 마을을 싸고도는 계곡이 있는 전형적인 농촌의 모습이었다. 하루를 쉬고 그 다음날부터 자연재해로 인해 피해를 본 낮은 지역 강둑을 막는 작업에 들어갔다.

기초를 파고 철망을 제작하고 그 속에 돌을 담아 차근차근 쌓아 올렸다. 작업을 하다 다치기도 하고 반항하기도 했지만 그때마다 '당신들은 죄수'라는 것을 일깨우고 현장을 이탈하게 되면 형무소로 돌아가야 한다고 하면 이

내 순종하였다.

엄한 단속과 처벌 속에 작업은 계속되었다. 2킬로나 되는 긴 강둑이 7개월 만에 아무리되었다.

동네 주민들은 소리 높여 기뻐하며 박수로 환영했다. 힘은 들었지만 농민들이 마음 놓고 농사를 지을 수 있다고 생각하니 마냥 기쁘기만 했다. 이렇게 첫 사업은 성공적으로 마무리를 거두고 개발사업은 전국현장을 찾아다니며 도로를 내고 넓히고 방죽을 쌓고 농수로를 만들었다.

정부에서 추진하고 있는 새마을 사업에 편승하여 낡은 집을 수리해 주고 초가지붕을 스레트로 갈아주는 개량사업에 주력했다. 모든 사업이 마무리가 될 무렵에는 대관령 야산을 개발하며 농지를 만들어 어려운 이웃을 찾아 이주시켜 정착하게 하였다.

대한자활개척단에서 주력하고 있는 영광 법성포 간척사업과 국토개발단에서 실시해온 사업들도 하나하나 마무리 단계에 있었다. 이때는 군정치가 끝나고 박정희 의장이 대통령으로 당선되어 제3공화국이 시작되고 있었다.

거지왕 김춘삼은 또 다른 사업을 구상하고 있었다. 평상시 생각해 오던 숙제가 있었다. 그것은 거지들이 언제까지 구걸하며 살 것인가 하는 문제였다. 그들에게 직업을 갖게 하며 남들과 같이 가정을 이뤄 희망을 갖게 하는 일이었다. 그는 그 해답을 찾았다.

그것은 재건대(넝마주이)를 만들어 당당하게 일을 하고 일한만큼 대가를 받도록 하는 것이다.

6.25전쟁 후 자유당 정권과 4.19를 거쳐 민주당 정권과 5.16 정변을 겪으며 현재에 이르렀지만 나라형편은 어렵고 어지럽기만 했다. 거리에는 휴지조각이 나뒹굴고 담배꽁초가 여기저기 눈에 띌 정도로 거리는 지저분했다. 거리나 뒷골목 주택가에는 거지들의 장타령 소리와 "한 푼 줍쇼"하는 구걸 행각을 쉽게 볼 수 있었다. 이들 중에는 박스나 종이, 병을 수집해 고물상에 주고 약간의 돈을 받곤 했다.

김춘삼은 이들을 위한 재건대(넝마주이)를 발족시켜 체계적으로 종이와 박스 빈병을 수거하도록 하고 제값에 팔 수 있도록 하는 것이다.

거리의 환경을 깨끗하게 하며 더 나아가 아름다운 도시를 만드는데 목적이 있었다. 모든 설계와 계획이 끝난 그는 대나무가 많이 생산되는 담양을 찾아가 크고 가벼운 광주리를 제작하게 하였다.

한편으로는 길고 넓은 집게를 만들게 하고 광주리에는

넓고 편한 줄을 달아 어깨에 메기 편하게 하였다. 집게로는 종이나 빈병을 집어 어깨 넘어 광주리에 담게 하였다. 몇 사람이 먼저 시범을 보였다.

편하게 종이나 병을 집어 어깨에 젊어진 광주리에 담는 것은 아주 편하고 쉬웠다.

소문에 의하면 전국에 있는 종이를 수거하는 고물상에는 정부의 도움을 받아 종이 값을 조절했다고 한다. 일차적으로 서울 청계천, 모래내, 방배동, 청량리, 영등포를 선정하여 재건대 단원들이 나가 시범을 보이도록 하였다. 작업효과는 대단했다. 광주리에 종이를 채워 고물상에 넘기기를 다섯 행보가 되었고 수입도 짭짤했다.

처음으로 가져 본 직업이자 받는 대가는 처음으로 느끼는 야릇한 기분이었다.

김춘삼은 이들의 첫 수입을 모두 거둬들여 개인 은행통장을 만들어 주며 저축의 중요성을 강조하였다. 전국 지역 대장들을 모이게 하고 이제부터는 구걸하는 거지가 아니라 재건대라는 직업을 갖고 있다는 것을 강조하고 열심히 노력하며 돈도 벌고 저축도 열심히 하여 가정을 잘 이끌어 사회가 필요로 하는 사람이 되라고 당부했다.

순식간에 전국에는 재건대원들이 활동하게 되었고, 물

건을 수거하다 보니 쓰는 물건을 가져오는 일도 있어 말썽이 많았지만 시간이 흐를수록 개선되었다. 거리는 아름답고 깨끗해졌으며 국가 발전에도 한 몫 하게 되었다.

그는 정치를 해보라는 권고를 많이 들었으나 그때마다 '나는 거지입니다. 저는 거지들을 위해 존재할 뿐'이라고 점잖게 거절했다고 한다.

그는 박정희 대통령이 김재규 부장에게 살해당하기 전까지 이루어졌으며 말년에는 양아들들과 '사) 공해추방운동본부와 환경신문'을 운영하다가 2006년 11월 2일(음 10월 6일) 보훈처 병원에서 운명하고 지금은 대전 현충원에 고이 잠들어 있다.

그의 유언 / 거지로 태어나는 것은 내 탓이 아니나 거지로 죽는 것은 내 탓이다.

太田이 大田으로 바뀐 역사적 진실

　헌법재판소는 수년 전 행정도시 특별법 위헌에 대한 헌법소원에 대해 각하 결정을 내렸다. 현대경제연구소의 보고서에 따르면 태전이 '미래에 뜰 도시 1위'에 선정되었다. 어디 그뿐이겠는가? 충청권의 핵심요지인 태전이 앞으로 새로운 수도가 된다는 예언들이 많다. 이것은 신행정수도의 충청권 이전으로 점점 현실화되고 있다.

　충청권으로 신행정수도를 이전하는 특별법이 국회를 통과했다는 것은 지난 역사적 사실로 미루어 해석해 보면, 수도가 될 땅의 운수(地運)가 이미 서울을 떠나 새로운 곳으로 이동하고 있다는 것을 의미하며 이는 곧 새로운 역사의 장이 열렸다는 뜻이 되고 그에 걸맞는 새로운 인물시대의 개막을 알리는 것이 된다.

　지금은 100만이 넘는 많은 사람들이 살며 정부 제 3청사가 들어와 있는 큰 도시지만 본래 태전은 사람이 거의 살지 않던 곳이었다. 역사의 기록에 의하면 조선 말기까지도 태전은 리(里)단위의 행정구역으로조차 발전하지 못하였고, 시내 중심을 흐르는 천(川) 주위로 콩을 많이 경작하여 콩밭 혹은 한밭으로 불리던 곳이었다.

이것은 태전이 지기(地氣)가 발음되지 않은 채 창조의 생명력을 고스란히 간직하고 있는 원시의 싱싱한 땅임을 의미한다.

　태전이 역사의 무대에 등장하게 된 것은 1901년 경부선 철도가 건설되고 이곳에 역(驛)이 생기면서부터였다. 1904년 11월 경부선 철도의 개통을 알리는 대한매일신보와 황성신문의 기사에 태전(太田)이라는 지명이 나타나기 시작하고, 이후 모든 공식자료(대한제국 정부의 공식문서)에 이곳 콩밭, 한밭의 공식 지명이 태전(太田)으로 기재되었다.

　태(太)에는 콩 태, 클 태의 의미가 함께 내포되어 있기 때문에, 태전(太田)이라는 지명은 콩밭과 한밭의 의미를 다 충족시킬 수 있는 지명이다 . '한밭'의 '한'은 크다, 밝다, 동쪽, 하나, 처음 등의 많은 뜻을 가지고 있으며, '太田'의 '太'는 이러한 '한'의 의미와 '콩'의 의미를 함께 아우르고 있다. 그러면 이와 같이 태전으로 불리던 지명이 대전으로 바뀌게 된 결정적인 계기는 무엇인가?

　경술국치되기 한 해 전인 1909년 1월의 일이다. 당시 순종황제를 호종하여 이곳을 지나던 이등박문(伊藤博文)이, 태전역에 내려 휴식을 취하다가 태전의 지세(地勢)와 이름을 보고는 그 자리에서 아랫사람에게 '차라리 태전(太

田)이라는 지명을 바꾸어 대전(大田)이라고 부르는 것이 좋겠다'고 지시를 내렸다.

이렇게 이름을 고쳐 부르게 한 것은 민족정기를 말살하기 위하여 금수강산 곳곳의 혈 자리에다 쇠말뚝을 박거나 경복궁 앞에 '일(日)'자 모양의 조선총독부 건물을 지은 것과 동일한 맥락이었음은 두말 할 나위가 없다. 왜 이등박문은 태전을 대전이라 부르게 했던 것일까?

"민족정기 말살의 원흉, 이또오 히로부미(伊藤博文)"

한마디로 이름을 왜곡시킴으로써 그 지세(地勢)를 꺾고 나아가 지기(地氣)를 받는 조선 사람의 기운을 제어하고자 함이었다. 그럼 왜 그토록 글자에 매달리는가에 대한 의혹이 일어날 수 있다. 말(言)의 힘과 그에 따른 파급효과의 에너지는 생각보다 크고 무서운 것이다.

그것은 파동 즉 소리와 심리의 효과가 대상에 미치는 영향과 밀접한 관계가 있는데 장안의 화제가 되었던 「물은 답을 알고 있다」(에모토 마사루) 책을 보면 소리와 상념의 위력에 대한 놀라운 결과를 볼 수 있다. 즉 그릇에 든 물에 대고 '바보'라 부르면 물의 결정이 비참하게 찌그러져 나온다는 것이다. 반대로 '사랑해'라는 소리에 대한 반응은 아름다운 육각형의 물결정으로 나타난다. 하물며 물에 대한 반응도 이러할진대 만일 사람의 이름을 '개똥이'라 부르면 어떨까? 그 사람은 한 평생 개똥이라는 이름에 대한 굴레 속에서 마음에 큰 고통과 한을 품고 있을 것이다. 마찬가지로 땅도 살아있는 영체(靈體)이다.

　그 땅 속에 숨겨진 지기(地氣)가 제대로 발동하려면 이제부터라도 태전이라 정명(正名)을 해야 한다. 물론 우리나라 산천의 왜곡된 수많은 이름들도 조속히 되찾아야 할 것이다.

　'태(太)자를 대(大)자로 고쳐 부르는 것이 어떻게 하여 그 지세가 꺾이게 되는 것인가?'

　보통사람들이 생각하기에 태(太)자나 대(大)자가 모두 크다는 의미에서 같은 뜻이 아닌가 하고 단순히 생각한다. 그러나 태전(太田)과 대전(大田)의 의미는 전혀 다르다. 대전이란 단순히 작은 밭이라는 말의 반대 개념인 '큰 밭'이라는 의미뿐이지만, 太田은 실로 무궁한 뜻을 나타낸다.

　「설문해자(說文解字)」에 이르기를 大자는 사람이 머리와 두 팔과 두 다리를 벌리고 서 있는 형상이라고 했다. 그런데 太자는 大자에다 점을 찍은 글자이다. 이 太자의 점은 무엇인가? 그것은 사람에게 가장 중요한 창조의 기능을 담당하는 생식기를 상징하는 것이다. 따라서 太는 大와 그 의미가 근본적으로 다른 것이다.

太자의 의미를 살펴본다

1. 太는 창조성을 상징한다.

따라서 처음, 시작, 비롯한다는 여러 의미가 있다. 이러한 太자의 의미로 인해 새로운 왕조를 시작한 첫 임금을 태조(太祖)라고 부르며, 시간이 시작된 첫 순간을 태초(太初)라고 부르는 것이다. 또한 음양으로 되어 있는 우주 삼라만상을 낳은 자리를 태극(太極)이라고 부른다.

2. 太는 무한하다는 의미

성장이 정지된 大와는 달리 무한히 커져가는 과정을 담고 있으며, 더 나아가 더 이상 클 수 없는 가장 크고 지존(至尊)하다는 의미도 담고 있다. 예를 들어 임금의 뒤를 이어 왕위에 오를 아들을 태자(太子)라고 부르며, 왕위를 물려주고 생존해 있는 임금을 태왕(太王) 혹은 태상왕(太上王)이라고 부르는데, 이는 가장 지존하다는 의미를 나타내는 것이다. 따라서 太자는 가장 작거나 가장 큰 데에 걸림이 없으며, 질적으로나 양적으로 커나가는 과정은 물론 가장 커버린 궁극의 경지도 내포되고 있다. 이러한 太자에 만물창조의 모태가 되는 밭(田)이라는 글자가 결합될 때 두 글자는 비로소 이상적인 조화를 이룬다.

태전(太田)이란 바로 새로운 문명과 새로운 우주역사가 시작되는 지극히 성스러운 땅이며, 바로 그러한 지기(地氣)를 갈무리하고 있는 곳이라는 의미이다. 비록 일제에 의해 이름이 강제로 바뀌었으나 8.15광복 초기까지도 많은 사람들이 여전히 태전이라고 불렀었다. 그러나 해방 후 일제가 물러갔지만 태전의 지명은 본래대로 회복되지 못하고 오늘에 이르고 있다.

지금도 이곳 대전에는 가장 큰 시장 중앙시장에 태전마트라는 상점이 건재한다. 대전천이 흐르는 시장통 은행교 앞에 태전마트가 있는데 그 이름대로 손님이 매우 많아 나날이 번창하고 있다. 비록 재래시장에 자리하고는 있지만. 일본이 이곳 태전의 지명을 왜곡시키는 등 지속적으로 우리 민족정기를 말살하려 들었기에 이 땅에서 9년간 집행된 천지공사에 의해 안중근의사가 그해 10월에 나와 응징을 하게 된 것이다. 천하만사가 다 순(順)해야 하지만 지리(地理)만은 역(逆)해야 명당이 형성될 수 있다. 마치 조리로 쌀을 물에 일어 가장 비중이 높은 돌을 가려내듯이 서울은 청계천이 역류하여 흐르는 지세로 인해 조선 500년 수도가 될 수 있었다. 진안 마이산에서 발원한 물이 무주 용담을 거쳐 대청호와 신탄진을 돌아 태전을 감싸 안고 거꾸로 치고 오른 금강의 물길이 공주 고마나루에 가서 꺾여 부여를 거쳐 내려가다 강경을 지나 가을개벽의 관문인 군산에서 바다로 빠져나간다. 이 물이 역류하는 수태극(水太極)의 위용이 세계 최고의 규모이기에 계룡산에서 발기

한 산태극(山太極)이 국사봉과 대둔산을 거쳐 마이산, 덕유산, 속리산, 소백산, 태백산으로 휘감아 도는 것과 음양을 이루어 태전이 향후 5만년 세계통일정부 수도의 터전을 형성하는 것이다.

그 평천하(平天下)를 이루기 전, 치국(治國)이 먼저이기에 현재 남북이 북의 비핵화문제로 마지막 패를 겨루고 있고 동북아 주변에는 훈수꾼 미·러·중·일 4국이 조만간 콩튀듯 하는 상황을 앞두고 지금 분주히 서두르고 있다.

니체와 퇴계의 죽음

비참한 죽음, 인간답지 않은 죽음을 날마다 접합니다. 끔찍하지만 피할 수가 없습니다.

그럴 때마다 죽음은 삶만큼 중요하단 생각이 듭니다. 나이가 웬만한 사람들이 모이면 빠지지 않는 화두가 죽음이고 결론은 항상 비슷합니다.

"나는 인간답게 죽겠다". 그러면서 또 생각합니다.

"어떤 것이 인간답게 죽는 것인가, 과연 그것이 가능한가? "

서양 정신세계에 니체만큼 큰 영향을 준 인물도 드뭅니다.

니체는 당시까지의 모든 철학과 종교관, 인간관을 비판하고 새로운 인간상을 부르짖었습니다.

그가 일생 동안 추구한 최대의 화두는 완전한 인간이었습니다.

"신은 죽었다"라고 선언한 것은 종교의 부정이 아닙니다. 피안의 존재에 의지하는 나약한 인간상에서 벗어나 인간 스스로의 완성에 전념하라는 주문이었습니다.

그가 그토록 갈망한 인간다운 인간의 완성상은 끊임없이 안정을 거부하고 새로운 혼돈을 지향해 전진하는 역동적인 모습이었습니다. 그런 인간을 니체는 초인(위버멘쉬)이라고 이름 지었습니다. 니체의 삶은 전적으로 어떻게 하면 인간이 초인이 될 수 있는가의 탐구였다고 해도 과언이 아닙니다.

니체는 뛰어난 감수성을 지닌 사람이었습니다. 기본적으로 철학도이기 이전에 예술가였습니다. 독일에서는 <차라투스트라는 이렇게 말했다>를 고도의 상징기법과 뛰어난 언어유희가 담긴 위대한 문학작품으로 꼽고 있습니다. 음악에도 재능이 있었습니다.

바이런이 쓴 극시 만프레드는 많은 예술가들에게 영감을 주었습니다. 슈만과 차이코프스키가 이 시를 주제로 명곡을 만들었습니다. 어려서부터 피아노에 소질이 있었던 니체도 20대 초 피아노 듀엣곡 <만프레드 명상곡>을 작곡했습니다. 비록 음악가들에게 혹평을 받았지만 음악은 니체가 평생을 같이한 친구였습니다.

이렇게 뛰어난 감수성을 가진 사람이 인간을 탐구했으니 인간의 삶 뿐 아니라 인간의 죽음 또한 그의 탐구 대상이 된 것은 너무도 자연스럽다고 할 것입니다.

니체는 자연사를 경멸했습니다. 인간이라면 누구도 피

해 갈 수 없는 죽음이라는 현상을 두려움 때문에 외면하다가 느닷없이 맞아 당황하는 인간의 모습을 경멸했습니다. 삶의 완성이 이루어진 순간 자발적으로 택하는 죽음이야말로 인간적인, 가장 인간적인 죽음이라고 생각했습니다.

의사는 이를 도와야한다고 강력히 주장했습니다. 그러나 불행히도 그의 죽음은 그가 일생동안 추구했던 죽음과는 너무도 달랐습니다. 1889년 1월 3일 이태리 토리노의 알베르토 카룰로 광장에서 채찍질 당하는 늙은 말의 모습에 충격을 받고 쓰러져 정신병원으로 옮겨진 니체는 차마 글로 옮기기도 비참할 정도의 치매 증상을 보이다 1900년 8월 25일, 56세의 나이로 파란만장한 일생을 마쳤습니다. 니체의 죽음은 인간은 의지만으로 자신의 죽음의 모습을 선택할 수 없음을 극명하게 보여주고 있습니다.

퇴계 이황은 니체보다 300년도 더 이전, 조선에서 태어난 철학자입니다. 퇴계는 애초 가난한 집안을 일으키려 벼슬길에 나선 전문 관료였습니다. 그러나 니체와 마찬가지로 바람직한 인간의 삶에 대한 생각이 깊어지자 관직을 통한 정치보다는 도학 연구에 심취하게 됩니다.

퇴계와 니체는 둘 다 완전한 인간상을 꿈 꿨지만 출발부터 달랐습니다. 니체는 신에게의 의지조차 인간의 나약

함 때문이라고 배척했지만 퇴계는 하늘로부터 부여받은 착한 마음을 닦는 것을 인간의 도리로 보았습니다.

때문에 퇴계는 인간을 공경하고 하늘을 공경해야 한다는 경(敬)사상을 자신의 학문의 핵심으로 삼았습니다.

아무것에도 의지하지 말라고, 인간 자신만을 갈고 닦아 신이 두렵지 않은 지경까지 도달하라고 닦달한 니체와는 너무도 다른 인간관이었습니다. 퇴계는 평생 풍족하지는 않았지만 반듯하고 화목한 가정을 이루고 당대의 지식인들과 교류하며 많은 제자들을 기르다 1570년 12월 8일(음력), 69세의 나이로 운명했습니다. 그런데 그의 죽음은 니체와 너무도 달랐습니다.

퇴계는 죽기 한 달 전 쯤 자신의 죽음을 예감했습니다. 그러자 선생이 제일 먼저 한 일은 마무리 강론을 편 후 제자들을 돌려보낸 것이었습니다.

그리고 두 번째로 당시 봉화현감으로 재직 중이던 맏아들 준에게 명합니다. 관직을 내려놓고 집으로 오라고 말입니다. 당시 사대부 집안의 전통이 그러했으니 자신이 죽으면 자신이 그랬던 것처럼 아들도 3년상을 치를 것이고 갑자기 그리하면 현직 관리로서 나랏일에 지장이 있을까 염려한 것이지요.

참으로 눈물겹습니다. 그리고 운명하기 5일전인 12월 3

일, 자제들을 시켜 그동안 빌렸던 책들을 돌려주게 합니다. 12월 4일에는 조카에게 명해 유서를 작성합니다. 조정에서 내리는 예장을 사양할 것, 거창한 비석 대신 조그만 돌에 자신의 이름과 조상의 내력, 행적만 간단히 적을 것을 당부합니다.

5일에는 시신염습 준비를 시키고 7일에는 아끼던 제자에게 남은 서적의 관리를 부탁합니다. 그리고 8일 오전, 여느 때보다 일찍 일어나 깨끗이 세수한 다음 머리맡에 있던 매화 화분을 다른 곳으로 옮기게 합니다. 이른 나이에 아내를 잃고 관직에 있으면서 맺었던 관기 두향과의 짧은 인연을 그리며 선생이 평생 간직했던 화분입니다.

그 매화에게 자신의 죽음을 보이고 싶지 않았던 것이지요. 그런 다음 자리에 누운 선생은 그날 오후 자식들과 제자들에게 둘러싸여 조용히 눈을 감았습니다.

두 철학자를 떠올리면 니체가 일찍이 퇴계를 알지 못했다는 사실이 너무나 안타깝습니다. 니체가 퇴계를 알았다면 그가 그토록 갈망했던 가장 인간적인, 인간으로서 가장 고귀하고 존엄한 죽음이 어떤 것인 지, 어떻게 해야 그런 죽음을 맞을 수 있는지 알았을 테니 말입니다

토리노의 광장에는 아직도 채찍질 당하는 말의 비명이 맴돌고 있습니다. 그러나 도산서원에는 사랑이 가득합니

다.

9개월간의 만남 이후 21년간 얼굴을 맞대지 않았던 두향은 선생의 죽음을 확인하고 남한강에 몸을 던졌습니다. 그 두향의 매화가 지금도 대를 이어 도산서원 입구에서 향을 피우고 있습니다.

어떻게 살고 어떻게 죽을 것인가.

퇴계의 삶과 죽음을 보면 답이 보입니다.

다만 그를 닮기에 너무도 부족한 내 모습도 함께 보이는 것이 한스럽지만 퇴계를 모르고 죽은 니체를 생각하면 이만함도 복에 겹지 싶습니다.

이조의 왕손으로 목사가 된 이재형 대감

함성택의〈한국 개신교 초기 인물열전-조선신도 편(8)〉
이씨 조선의 왕손으로 목사가 된 이재형 대감

한국의 초대 개신교가 주로 서민들인 소외계층을 중심으로 전파되었다는 것은 잘 알려진 사실이지만 교회 지도자들 가운데는 쇠락해 가는 나라의 장래를 걱정하는 젊은 관료들이나 뜻을 이루지 못한 선비들을 비롯해서 상류층 귀족들이 적지 않았던 것도 사실이다.

양반과 상놈의 구별이 분명하고 사농공상의 신분이 엄격했던 이씨조선에서 분명 새롭고 혁신적인 현상이 아닐 수 없다. 그 가운데 이씨 조선의 왕손으로 마부꾼 엄영수 (당시 선교사나 목사를 돕는 사람을 영수라 불렀다)의 전도로 왕족으로는 처음으로 예수를 믿기로 결심하고 목사까지 된 이재형의 이야기는 한국개신교 역사의 한 감동적인 에피소드가 아닐 수 없다.

철종대왕의 사촌 경평군의 첫째아들인 이재형은 영조의 현손 흥선대원군의 둘째아들로 왕위에 오른 고종보다는 왕위 계승권의 순위로 보면 한 수 앞서서, 비슷한 때에 태어났다면 의당 왕이 되었겠지만 1863년 고종이 12세로 왕위에 오를 때는 태어나지도 않았기 때문에 결국은 왕이 될 수도 있던 왕손으로 그치고 말았다.

1871년 현 승동교회 뒤에 있는 승동대감 댁에서 태어난 재형은 태어나자 대궐 안으로 불려가 그곳에서 자라면서 고종의 아들 순종과 후에 대한민국의 부통령이 된 이시영과 같이 대궐학교에서 공부하였다. 26세에 과거에 합격하자 고종은 그를 경상도 풍기군수 직에 임명하였다.

그러나 왜인들이 들어와 득세하며 쇠약해지는 왕실을 보면서 울분을 참지 못하여 군수 자리를 내놓은 왕손은 어떻게 처신해야 할지 알지 못했다. 그러다가 을사늑약이 체결되자 "나는 왕손의 특혜를 깨끗이 포기한다"고 선언하고 왕손에게 주어지는 모든 특혜를 다 포기해 버리고 자유로운 평민이 되었다.

"나비야 청산가자, 범나비 너도 가자. 가다가 저물거든, 꽃에 들어 자고 가자. 꽃에서 푸대접하거든, 잎에서나 자고 가자"는 청구영언의 시를 좋아했던 이재형은 어쩌면 풍운아였는지도 모른다. 그는 가지고 있던 200석 땅문서를 아내에게 넘겨주고 나머지 재산을 정리하여 방랑길을 떠났다. 그래도 왕손이었기에 한동안 남에게 신세를 지지 않고 방랑하며 자유롭게 지낼 수 있었다.

이재형은 방랑생활을 하면서도 가을이면 충주 선영을 찾아 성묘를 하곤 하였는데 1904년 노일전쟁이 끝나던 해 우연한 기회에 엄귀현이라는 마부꾼을 성묘길에서 만났다. 성묘길에서 이재형 왕손을 모시게 된 그는 그를 '나으리, 나으리'하며 정성으로 모셨다. 여행길에 친숙해진 그는 대담하게 왕손에게 전도하기로 마음을 먹었다.

그는 두려운 마음이 없지 않았으나 조심스럽게 입을 열었다. "나으리, 황송하오나 오늘부터 예수를 믿으소서!" 하고 한마디씩 던지곤 하였다. 그러던 어느 날 그는 "하나님은 세상을 이처럼 사랑하사 독생자를 주셨으니 누구든지 그를 믿으면 영생을 얻으리라 했습니다. 나으리도 예수를 믿으면 죄사함을 받고 영생을 얻을 수 있습니다."하고 권면하는 것이었다.

이재형은 마부꾼의 건방진 태도가 괘씸하기도 하여 "건방진 소리 하지 말고 말이나 잘 몰거라"하고 핀잔을 주기도 했지만 이 마부꾼의 진정한 호소와 용기에 놀라지 않을 수 없었다. 시대가 변하면서 서양선교사들과 서양문화에 관한 이야기를 듣기는 했지만, 이 마부꾼의 이야기는 이해할 수 없었다.

이 대감은 빈정대는 투로 "예수를 믿으면 마부꾼 신세도 면하는가"하고 물었다. 그러자 마부꾼 엄귀현은 "나리,

예수를 믿는 것은 그런 도리가 아닙니다. 저는 마부꾼 신세를 면하려고 믿는 것이 아니라 마부꾼 노릇을 더 잘하려고 믿습니다."라고 대답하였다. 그러면서 "나리, 나리께서 예수를 믿으시면 제가 평생을 마부꾼으로 나으리를 모시겠습니다." 하였다.

이재형은 이 말에 놀라는 한편 예수에 관한 호기심이 생겼다. 그는 '기독교가 그렇게 좋은 것인가?' 하는 의문과 함께 예수에 관한 것들을 더 묻게 되었다.

시간이 지나며 그는 예수에 관해 더욱 생각하게 되었고 마부꾼 엄귀현을 잊을 수 없었다.

이재형도 몇 해가 지나고 나니 친구들의 신세를 지지 않을 수 없었다. 이러한 사정을 전해 들은 부인이 사람을 보내어 "나에게 주고 간 200지기를 잘 늘여서 지금 500지기가 되어 먹고 살만하니 들어오십시오."하고 독촉하여 집으로 돌아왔다. 이때 부인 정씨는 500석지기 부자가 되었을 뿐 아니라 승동교회의 교인이 되어 있었다.

1907년 원산에서 시작된 부흥운동이 평양을 거쳐 전국적으로 번져가던 때, 마침 승동교회에서 부흥사경회가 열렸다. 부인 정씨의 권고를 받아들여 부흥회에 참석한 이재형은 그곳에서 자신에게 처음으로 예수를 전해준 신앙의 선배 마부꾼 엄귀현을 만났다.

이 왕손은 "내가 교회 밖에서는 왕손이지만, 교회 안에서는 그리스도 안에서 한 형제일 뿐이다"라고 하면서 서민 마부꾼 엄귀현을 '형님'이라고 부르며 깎듯이 모셨다고 한다.

이재형이 예수를 믿기로 결심한 때는 1907년 그의 나이 38세 되던 해였다. 헤이그 밀사사건으로 고종황제가 왕위에서 물러나고 순종이 즉위한 해이다. 왕손의 특권만이 아니라 이제부터는 왕손의 지위마저 내려놓기로 결심했던 것이다. 그리고 예수를 믿고 일평생 남을 위하여 살다가 고요히 죽자고 결심했다. 그리하여 이재형 목사는 왕손으로서 예수를 믿은 최초의 인물이 되었는데 그것은 마부꾼 엄귀현이 뿌린 전도의 씨앗이 뿌리를 내리고 부인 정씨의 간절한 기도가 상달된 결과였다.

조용히 어려운 사람들을 도우며 헌금을 가장 많이 내는 성도로 알려진 이재형 대감은 1914년 승동교회의 장로가 되었고 4년 후인 1918년에는 평양신학교를 졸업하고 목사안수를 받았다. 목사안수를 받은 후 경기도 양평지구에서 4교회를 순회 목회하던 가운데 1921년 호레이스 알렌 선교사가 제중병원에 세운 현 남대문교회의 2대 목사로 청빙 받았다.

1924년부터 1933년까지는 승동교회 담임목사로 시무

하였으며 1947년 77세로 세상을 떠났다. 평생을 무보수로 목회하면서 가난한 학생들에게 학비를 대주고 유능한 젊은이들을 유학갈 수 있도록 도와준 이재형 목사는 "남에게 주면서 사는 것처럼 행복한 일이 어디 있으며, 남에게 받으며 사는 것처럼 불쌍한 일이 어디 있는가?"라면서 '대접받는' 생활을 기꺼이 포기하고 항상 주님의 사랑을 '주는 것'으로 실천했던 왕손이었다.

(함성택님의 글이 너무 좋아서 옮겼습니다. 용서를 빕니다)

* 저자 함성택 님은 서울대 문리대를 중퇴하고 대만국립대학교에서 사학과와 법학대학원을 수료하고 미국 네브라스카 주립대학교 대학원에서 미국사를 전공하였습니다. 현재 시카고 한미역사학회 회장이며, 시카고 한인문화회관에서 프로그램 디렉터와 역사박물관 관장으로 봉사하고 있습니다.

세계 제일 부자 이야기

김홍성

빈민촌에서 태어나 세계 제일의 갑부가 된 로스 차일드는 1743년 독일 프랑크푸르트의 유대인 마을에서 암셀 모세스 바우어이(Armschel Meses Bauer)의 맏이로 태어났다. 그의 아버지는 엽전 등 골동품을 취급하는 고물장수였다.

로스 차일드가 태어난 곳은 게토(일반적으로는 150명 정도가 살 수 있는 지역에 무려 3천 명이나 되는 유대인을 가두어 놓은 빈민촌)였다. 유대인들은 유대라는 이유로 특별 세금을 내야 했고, 나치 독일의 영화에서 보는 노란색의 유대인 레테르를 달고 다녀야 했다.

그리고 프랑크푸르트의 다른 지역을 지나갈 때는 톨게이트를 지날 때처럼 돈을 내야 했으며, 외딴 길에서 유대인이 아닌 사람을 만나면 자기보다 어리더라도 모자를 벗고 인사를 깍듯이 해야 했다. 그나마도 프랑크푸르트 사정은 다른 유럽 지역에 비해 나은 편이었다.

당시 독일에는 각 지역마다 영주가 있어 유대인을 취급

하는 별도의 법을 가지고 통치했다. 로스 차일드의 아버지는 이러한 게토 지역에서 가게를 하고 있었고 그 가게에는 붉은 바탕에 사자와 유니콘이 그려진 방패 모양의 간판이 달려 있었다. 가게 이름도 붉은 방패(Rot-Schild)였다. 이것이 후에 그의 성이 되고 로스차일드(Rothschild)가 된 것이다. 로스차일드는 10세 때부터 부모가 시키는 대로 유대교의 랍비(rabbi, 유대교의 율법 학자이며 법조인) 양성 학교에 들어가 공부했다. 그러나 20세 전에 그의 아버지가 돌아가시자 학업을 중단했다. 그후 친척의 도움으로 하노버에 있는 오펜하이머(Oppenheimer)라는 유대계 은행에 취직했다. 은행원으로 살면 평생 편안한 생활을 할 수 있었으나 그는 은행을 떠나 고향 프랑크푸르트로 되돌아가 그 아버지가 하던 고물 장사를 동생들과 함께 했다.

그는 헌 옷 골동품, 가구 등의 물품을 취급하는 한편 다른 나라나 다른 행정구역의 돈과 엽전도 사다가 팔았고 취미를 겸해 옛날 훈장도 사들여 광을 내고 장식한 다음 귀족들에게 골동품이나 기념품 등으로 판매했다. 그러면서 점차 돈을 벌어 경제적 안정을 이루었으며 귀족들과도 친분을 쌓았다.

당시 독일은 여러 개의 작은 독립국으로 나뉘어 있었다. 그중 프랑크푸르트 지역의 황태자 빌헬름은 부인인 덴마크 공주와 사이에서 낳은 3명의 자녀 외에도 여러 명의 애인으로부터 낳은 20명 이상의 자녀가 있었는데, 그들은 모두 화려한 생활을 즐기며 돈을 물 쓰듯 하는 난봉꾼들이었다.

로스차일드는 언젠가 왕이 될 그들에게 돈을 빌려 주면 자신에게 이익이 되리란 점을 깨닫고 돈도 안전하게 훨씬 많이 벌 수 있을 뿐만 아니라 그들의 약점을 이용해 자신의 힘도 키울 수 있다고 판단했던 것이다. 특히 앞으로 왕이 될 황태자의 가족과 개인적으로 친해지고 그들의 일이라면 만사를 제쳐 놓고 충성하는 사람으로 인정받을 필요가 있었다. 그는 이러한 판단을 실천에 옮겼다. 우선 빌헬름 황태자로부터 특별 허가를 얻어 자기 가게에서 세금을 걷는 대행업을 하는 동시에 소규모 금융 사업을 벌임으로써, 그는 독일 사회에서도 남부럽지 않게 부자 행세를 할 수 있는 정도가 되었다. 얼마 후 황태자는 황제가 죽고 난 다음 빌헬름 9세로 즉위하면서 당시 돈으로 약 4천만 달러나 되는 엄청난 유산을 상속받았다. 뿐만 아니라 미국 독립 전쟁 때 자신의 군대를 영국에 빌려준 대가로 3백만 달러를 받기도 했다. 그런데 얼마 후 프랑스의 나폴레옹이 전 유럽을 휩쓸기 시작해, 드디어 1806년에는 빌헬름 9세의 작은 공화국 헤세하나우(Hesse Hanau)마저 점령해

버렸다.

빌헬름 9세는 처가인 덴마크로 피신하면서 자신의 재산을 보호하기 위해 부데루스(Buderus)라는 재무관에게 돈을 맡겼다. 그리고 부데루스는 그 막대한 돈을 빌헬름 9세가 필요로 할 때마다 돌려준다는 조건으로 로스차일드의 은행에 맡겼다. 이때부터 로스차일드는 세계의 거부 금융가로 행세하게 되었던 것이다.

로스차일드는 슬하에 5명의 아들과 5명의 딸을 두었다.

첫째아들 암셀은 독일에서 아버지의 사업을 이어 받았다가 나중에 통일 독일의 재무장관이 되었고, 둘째아들 살로몬은 오스트리아, 셋째아들 나탄은 영국, 넷째아들 칼만은 이탈리아, 다섯째아들 야곱은 프랑스로 가서 각각 그 나라에서 귀족이 되거나 경제권을 장악했다. 뿐만 아니라 다른 나라에 있는 형제들과 서로 연락을 취해 공동으로 돈을 벌기도 했다.

지금으로 말하면 다국적 금융기관이 되어 국제 대출업을 하는 거부들이 된 것이다.

한때 군국주의 일본엔 미쓰(三井)이 재벌이 있었고, 나치 독일에는 티젠, 파벤이, 영국에는 로스차일드, 미국에는 모건과 록펠러 등이 있었다. 그런데 이들 각국의 재벌들이 돈을 조달한 까닭은 자국의 이익을 위해서가 아니라

나름대로의 계산 때문이었다. 재벌들은 모두 1차적으로는 로스차일트 밑에서 국가 관념을 초월하여 돈벌이를 했다.

김홍성
_____

* 목사 연세 대학교 농업 개발원 수료
* 여의도 순복음 교회 영산 신학원 교수
* 사회정화 위원회 위원
* 오산리 기도원 부원장, 강동, 동부, 안산,도봉, 송파, 성전, 담임 역임.
* 현) 에벤에셀교회 담임

새빨간 거짓말, 하얀 거짓말

왕이 한 죄수에게 사형을 언도하자

신하 두 사람이 죄인을 감옥으로 호송하고 있었습니다. 절망감에 사로잡힌 죄수는 감옥으로 끌려가면서 계속 고함을 질러댔습니다.

"이 못된 왕아! 지옥 불구덩이에 빠져 평생 허우적거려라."

이때 한 신하가 그를 나무랐습니다.

"이보시게 말이 너무 심하지 않은가?"

하지만 죄수는 더욱 목소리를 높였습니다.

"어차피 죽을 목숨인데 무슨 말인 들 못하겠소!"

신하들이 궁으로 돌아오자 왕이 물었습니다.

"그래, 죄인이 잘못을 뉘우치던가?"

그때 죄수의 말을 가로막던 착한 심성의 신하가 대답했습니다.

"예 ! 자신에게 사형을 내린 폐하를 용서해 달라고 신께 기도했습니다."

신하의 말에 왕은 매우 기뻐하며 그 죄수를 살려주라고

명하려 했습니다. 그때 다른 신하가 말했습니다.

"폐하! 아닙니다. 그 죄수는 뉘우치기는커녕 오히려 폐하를 저주했습니다."

그런데 왕은 그 신하를 나무랐습니다.

"네가 하는 말이 진실인 것은 안다. 그런데 나는 저 사람의 말과 행동이 더 마음에 드는구나."

"폐하, 어째서 진실을 마다하고 거짓말이 더 마음에 드신다고 하십니까?"

왕이 말했습니다.

"저 사람이 한 말이 비록 거짓말일지라도 사람을 사랑하는 마음에서 그렇게 말한 거지만, 네 말속에는 사람을 미워하는 악의가 가득하구나. 때로는 선의의 거짓말이 분란을 일으키는 진실보다 나은 법이니라."

왕은 결국, 착한 신하의 말에 대한 대접으로 죄수의 목숨을 살려주었습니다.

영국 속담에, 거짓말에 새빨간 거짓말과 하얀 거짓말이 있다고 합니다. 새빨간 거짓말은 나쁜 마음을 가지고 사람을 속이려는 나쁜 의도로 하는 것이고, 하얀 거짓말은 사람을 사랑하는 마음에서 사람에게 희망과 위안을 주기 위한 의도의 선한 거짓말입니다.

예로 플라시보 효과라 하여 약효가 없는 약을 진짜 약

이라고 해 환자가 복용했을 때 병세가 호전되는 효과를 얻는 경우와, 살날이 별로 남지 않은 사람에게 증세를 사실대로 말하게 되면 희망을 잃고 자살을 하거나 정신적인 충격으로 병이 더 악화될 수도 있으며, 우리가 읽었던 '마지막 잎새'에서도 존시라는 화가에게 희망을 주기 위해 베어만 할아버지는 마지막 잎새를 그려 놓아 존시가 살아난 경우에 비추어서도, 다른 친구가 조금 뚱뚱 한데, 친구에게 "너 정말 뚱뚱하다."하는 것보다 "너 몸 좋다."라고 하는 말 등이 당자를 위한 선의의 거짓말일 수도 있다는 것입니다.

흔히 사용하는 선의의 거짓말 사례들

▶ 이 주사 하나도 안 아파요 – 간호사

▶ 우린 친구 사이입니다 – 열애설에 휩싸인 연예인

▶ 학교 수업에만 충실했어요 – 대학 수석 합격생

▶ 지금 바로 출발했습니다 – 중국집 사장

▶ 제가 본 신부 중에 제일 예뻐요 – 예식장 사진사

야름다운 부부의 맹세

이런 남편이 되겠습니다.

눈부신 벚꽃 흩날리는 노곤한 봄날 저녁이 어스름 몰려올 때쯤 퇴근길에 안개꽃 한 무더기와 수줍게 핀 장미 한 송이를 준비하겠습니다.

날 기다려 주는 우리들의 집이 웃음이 묻어나는 그런 집으로 만들겠습니다. 때로는 소녀처럼 수줍게 입 가리고 웃는 당신의 호호 웃음으로 때로는 능청스레 바보처럼 웃는 나의 허허 웃음으로 때로는 세상 그 누구도 흉내낼 수 없는 우리 사랑의 결실이 웃는 까르륵 웃음으로 피곤함에 지쳐서 당신이 걷지 못한 빨래가 그대 향한 그리움처럼 펄럭대는 오후 곤히 잠든 당신의 방문을 살며시 닫고 당신의 속옷과 양말을 정돈해 두도록 하겠습니다.

때로 구멍 난 당신의 양말을 보며 내 가슴 뻥 뚫린 듯한 당신의 사랑에 부끄런 눈물도 한 방울 흘리겠습니다.

능력과 재력으로 당신에게 군림하는 남자가 아니라 당신의 가장 든든한 쉼터 한 그루 나무가 되겠습니다.

여름이면 그늘을, 가을이면 과일을, 겨울이면 당신 몸 녹여 줄 장작이 되겠습니다.

다시 돌아오는 봄 나는 당신에게 기꺼이 나의 그루터기를 내어 주겠습니다. 날이 하얗게 새도록 당신을 내 품에 묻고, 하나 둘 돋아난 시린 당신의 흰 머리카락을 쓰다듬으며 당신의 머리를 내 팔에 누이고 꼬옥 안아주겠습니다.

휴가를 내서라도 당신의 부모님을 모셔다가 당신의 얼굴에 웃음꽃이 피어나는 걸 보렵니다. 그런 남편이 되겠습니다.

이런 아내가 되겠습니다.

눈이 오는 한겨울에 야근을 하고 돌아오는 당신의 퇴근 무렵에 따뜻한 붕어빵 한 봉지 사들고 당신이 내리는 지하철역에 서 있겠습니다.

당신이 돌아와 육체와 영혼이 쉴 수 있도록 향내 나는 그런 집으로 만들겠습니다.

때로는 구수한 된장찌개 냄새로, 때로는 만개한 소국의 향기로, 때로는 진한 향수의 향기로 당신이 늦게까지 불켜 놓고 당신의 방에서 책을 볼 때 나는 살며시 사랑을 담아 레몬 넣은 홍차를 준비하겠습니다.

당신의 가장 가까운 벗으로서 있어도 없는 듯 없으면 서운한 맘 편히 이야기를 털어놓을 수 있는 그런 아내가 되겠습니다.

늘 사랑해서 미칠 것 같은 아내가 아니라 아주 필요한 사람으로 없어서는 안 되는 그런 공기 같은 아내가 되겠습니다. 그래서 행여 내가 세상에 당신을 남겨 두고 멀리 떠나는 일이 있어도 가슴 한 구석에 자리 잡을 수 있는그런 현명한 아내가 되겠습니다.

지혜와 슬기로 당신의 앞길에 아주 밝은 한 줄기의 등대 같은 불빛은 되지 못한다 하더라도 호롱불처럼, 아님 반딧불처럼 당신의 가는 길에 빛을 드리울 수 있는 그런 아내가 되겠습니다. 그래서 당신과 내가 흰 서리 내린 인생의 마지막 길에서

"당신은 내게 정말 필요한 사람이었소. 당신을 만나 작지만 행복했었소." 라는 말을 듣는 그런 아내가 되겠습니다.

소금 먹기 이야기

우리나라는 1907년도에 처음으로 천일염(天日鹽)을 생산하기 시작하면서부터 사람들의 수명이 획기적으로 늘어나기 시작했다. 소금이 인체에 얼마나 중요한 효소인 지를 알게 해주는 증거이다.

1912년도 통계자료에 의하면 우리 국민의 평균수명은 28세였고, 남한과 북한의 총인구는 1,200만 명이었다. 그런데 천일염 생산이 기하급수적으로 늘어나면서부터 사람들의 평균수명도 기하급수적으로 늘어났다.

천일염을 생산하기 시작한 지 불과 40년이 지난 1948 년도의 평균수명이 48세로 20년이 늘어났으며 인구는 3,000만 명으로 두 배 반이 늘어났다.

이것은 소금의 혁명이다. 인간이 그렇게도 찾던 불로초 가 바로 소금이다. 사람도 소금만 잘 먹으면 바다거북이 보다 더 오래 살 수 있을 것이라고 생각된다.

소금은 소화작용, 염장작용, 해독작용, 소염작용, 살균 작용, 방부작용, 삼투압작용, 발열작용, 노폐물 제거작용 등을 한다.

밥과 물과 소금은 생명이다. 이 삼대식품은 반드시 비

율이 맞아야 모든 신진대사가 원활히 작동할 수 있다. 피, 눈물, 침, 땀, 위액, 림프액, 뇌척수액, 안구액, 소변, 대변, 생리수, 양수까지도 우리 몸에 모든 액체는 소금물이다. 그것도 세계보건기구에서 설정한 0.9%의 염도를 유지해야 건강을 지킬 수 있다.

사람의 몸은 다양한 음식물을 섭취하므로 반드시 소금으로 절여야지 설탕으로 절이면 부패될 수밖에 없는 구조로 되어 있는데 의사들마다 소금을 못 먹게 하니 피를 비롯해서 모든 액체가 설탕물로 변하고 살이 부패되고 혈관이 막힐 수밖에 없는 것이다.

소금은 물을 부른다. 사람에 따라 차이는 있으나 성인은 하루에 2,500미리 이상의 물을 필요로 하는데 적당량의 소금을 먹지 않고는 이렇게 많은 물을 먹을 수가 없다. 즉 염분이 부족한 물은 쓸모가 없고 또한 그렇게 많은 물을 배출시킬 염분이 없기 때문에 생리적으로 물을 거부하는 것이다. 물이 들어올 때는 맹물로 들어왔지만 나갈 때는 소금의 도움 없이는 단 한 방울도 맹물로는 빠져나갈 수가 없기 때문이다.

눈물도 짜고 콧물도 짜고 침도 짜고 소변도 짜고 땀도 짜고 거기다 생리수와 양수까지도 짜다.

저염식(低鹽食)하는 사람은 한 끼 식사를 하면서 물은

입에도 안 대는 사람이 있다. 이런 생활을 5년, 10년 하고 나면 틀림없이 돌이킬 수 없는 큰 질환에 걸린다.

몸은 물과 염분이 부족하면 살기 위해서 중요한 기관부터 염수를 공급하고 생명에 큰 지장이 없는 피부는 염수공급을 중단하므로 머리털이 빠지고 피부가 거칠어지고 온갖 부스럼이 발생한다.

대머리의 근원은 염분부족이라고 한다. 대머리는 보기만 흉할 뿐이지만 염수(鹽水)가 부족하면 온몸에서 내다 버리려고 모아놓은 더러운 하수도 물인 대소변에 염수까지 끌어다 재차 3차 계속 재활용을 하므로 그 몸이 무사할 수가 없는 것이다.

그래서 이런 사람들은 하루에 소변을 두세 번밖에 안 본다. 주변 사람들 중에 암이나 당뇨나 혈관질환 같은 중병으로 죽거나 고생하는 사람 치고 짠 음식을 먹는 사람이 있는지 찾아보면 안다. 이런 환자들은 체내 적정염도 0.9%는커녕 염도 0.4%도 넘는 사람이 없다는 통계다.

적당한 염분섭취를 권한다. 염분부족은 만병의 근원이다.

부부가 꼭 알아 두어야 할 소유권 분쟁 재판의 명 판결

30년을 별일(탈) 없이 잘 살아 온 노 부부가 있었다. 그런데 살다보니 순진하기만 했던 와이프가 많이 변해 있었다.

뭔가 기분이 나쁘거나, 컨디션이 안 좋으면 시도 때도 없이 부부 관계를 거부하기 일쑤였다. 남편은 추근거리고 와이프는 거부하여 여간 불편하였다.

급기야 와이프의 몸에 있는 性器에 대한 소유권 다툼이 법정으로 가게 되었다. 이용 편의와 이용 제한에 대한 법리 공방이 계속되었다.

서로가 자기의 것이라고 목청을 높이며 재판을 하게 되었는데… 청구 취지는 대강 이런 것이었다.

남편측은

"지금까지 내가 써 왔으니 내 것이다. 때문에 내가 쓰고 싶을때 사용할 수 있어야 한다. 사용을 제한하는 것은 불법이다. 성관계에 대한 배타적 지배는 부부의 의무이다."

와이프측은

"내 몸에 있으니 내꺼다. 내 것이니 내가 쓰고 싶을 때만 쓴다. 이용자는 소유주의 허락하에서만 사용해야 한다."

가정 법원에서 소유권 확정 심사 청구 소송을 담당하게 되었다.

판사는

"부인이 점용관리 중인 성기에 대한 소유권은 남편에게 있으며, 소유주의 임의 사용은 합법하다."라는 취지의 최종 판결이 내려졌습니다.

부인은 승복하지 않고 항소했는데, 고등 법원에서도 1심 판결을 흠결 없이 받아들여 남편이 승소하였습니다.

억울하다고 신부 측에서는 대법원에 상고를 준비하면서 고등법원 판사에게 판결 취지를 알고 싶다고 따졌지요.

담당 판사가 판결 취지를 설명했다.

"이 문제는 너무 복잡한 사안이며, 전 세계적으로 판례가 전혀 없는 아주 어려운 사건이었습니다. 그래서 할 수 없이 제가 고시원에서 생활할 때의 경험에 비추어 상식적으로 판단했습니다. 벽에 쥐가 들락거리는 구멍이 있다면 그 구멍이 벽에 있다고 '벽 구멍'이라고 합니까? 아니죠? 쥐가 들락거리니 '쥐구멍'이라고 하죠? 누구나 쥐구멍이라고 하지 벽 구멍이라고는 하지 않습니다. 또 그 구멍을

막을 때도 쥐구멍 막는다고 하지 벽 구멍 막는다고 안 하죠? 때문에 그 구멍은 위치에 무관하게 소유권은 사용자에 귀속한다. 라고 평결했습니다."

부인과 변호사는 상고를 포기하고 돌아갔다. 그리고 가정에 평화가 왔다.

판결 취지의 정리

부인이 관할하는 성기의 소유권은 사용자인 남편에 귀속된다. 그러므로 정당한 사유 없이 사용을 제한하는 것은 위법 부당하다.

심한 경우는 민형사상의 책임을 면하기 어려우니 소유권자의 요청이 있을 때는 관리 점용자는 그 사용을 기쁜 마음으로 허락 해야만 한다.

춘화현상

한국에 초빙교수로 와서 살다가 귀국한 세계적인 정신의학계 교수에게 한국인의 이미지가 어떠냐고 묻자,

"한국인은 너무 친절하다. 그러나 그것이 그 사람의 인격이라고 판단하면 오해다. 권력이 있거나 유명한 사람에게는 지나칠 정도로 친절하지만 자기보다 약하거나 힘없는 서민에게는 거만하기 짝이 없어 놀랄 때가 많다. 특히 식당 종업원에게는 마구잡이로 무례하게 대해 함께 간 사람이 불쾌할 정도다.

잘 나가는 엘리트일수록 이 같은 이중인격자들이 많다. 잘 알지 못하는 사이거나 VIP인 경우는 난감하다. 한국에서 엘리트 계층에 속한다면 배운 사람이다. 배운 사람일수록 겸손해야 하는데 오히려 거만을 떤다.

지식은 많은데 지혜롭지가 못하다. 말은 유식한데 행동은 무식하기 짝이 없다. 게다가 준법정신이 엉망이다. 힘있는 사람부터 법을 안 지키니 부정부패가 만연할 수밖에 없다.

대법관으로 임명된 인사가 청문회에서 위장전입을 인정할 정도니 정부 요직에 있는 다른 인사들이야 말해서 무

엇 하랴.

한국 엘리트들의 또 다른 모순은 자기 잘못을 절대 인정하지 않는 점이다. 회사에서도 뭐가 잘못되면 전부 윗사람 아랫사람 탓이고 자기반성은 조금도 없다. 세상 모두가 남의 탓이다. 그러다 보니 사람들이 너무 네거티브하다. 모여 앉으면 정치 이야기인데 완전히 흑백 논리로 평한다.

호남 친구들과 만나면 박정희, 혹평하는 것 듣다가 시간 다 가고, 경상도 친구들과 만나면 김대중과 문재인을 씹어댄다. 한국에는 존경받는 대통령은 없다. 모두가 이래서 죽일 놈이고 저래서 죽일 놈이다. 국민 소득은 3만 달러 수준인데 국민 의식은 500달러 수준이다.

경제가 눈부시게 발전했다고 자랑하지만 그것은 곧 벼락부자가 되었다는 뜻이다. 벼락부자의 단점이 무엇인가. 그저 남에게 내가 이만큼 가졌다고 자랑하는 것이다. 성공의 의미가 너무 좁다. 돈 있고 잘사는 데도 자기보다 더 잘사는 사람을 부러워하며 항상 뭐가 불만족이다. 춘화현상(春化現象 Vernalization)이 바로 이것이다.

호주 시드니에 사는 교민이 고국을 다녀가는 길에 개나리 가지를 꺾어다가 자기 집 앞마당에 옮겨 심었다. 이듬해 봄이 되었다.

맑은 공기와 좋은 햇볕 덕에 가지와 잎은 한국에서보다

무성했지만, 꽃은 피지 않았다. 첫 해라 그런가 보다 여겨졌지만 2년째에도, 3년째에도 꽃은 피지 않았다.

그리고 비로소 알게 되었다. 한국처럼 혹한의 겨울이 없는 호주에서는 개나리꽃이 아예 피지 않는다는 것이다. 저온을 거쳐야만 꽃이 피는 것을 전문용어로 '춘화현상'이라 하는데 튤립, 히아신스, 백합, 라일락, 철쭉, 진달래 등이 모두 여기에 속한다.

인생은 마치 춘화현상과 같다. 눈부신 인생의 꽃들은 혹한을 거친 뒤에야 피는 법이다. 그런가 하면 봄에 파종하는 봄보리에 비해 가을에 파종하여 겨울을 나는 가을보리의 수확이 훨씬 더 많을 뿐만 아니라 맛도 좋다. 인생의 열매는 마치 가을보리와 같아, 겨울을 거치면서 더욱 풍성하고 견실해진다. 마찬가지로 고난을 많이 헤쳐 나온 사람일수록 강인함과 향기로운 맛이 더욱 깊은 것이다.

작금의 대한민국 현실이 젊은이들이 짊어지고 겪어야 할 춘화현상이라면 감내해야 할 세대들이 갑갑하게 느껴진다.

홀로코스트 (3)

끌려가는 사람들

이윽고 오후 한 시가 되자 출발신호가 떨어졌다. 그러자 기쁨이 일었다.

그렇다, 그건 기쁨이었다. 아마 그들은 찌는 듯한 무더위에 땀을 쏟으며 길 한복판에서 짐 꾸러미에 섞여 앉아 있는 것보다 더 괴로운 고통을 하나님이 주시지는 않으리라고 생각했으리라.

어떤 고통도 그보다는 나리라고 생각했기 때문일 것이다. 그들은 버림받은 거리들, 죽은 듯 텅 빈 집들, 정원들, 묘비들을 한 번도 뒤돌아보지 않고 여행길에 올랐다.

그들은 등에 짐을 하나씩 짊어지고 있었다. 그들의 모든 눈은 넘치는 눈물로 홍건했다. 행렬은 천천히 무겁게 게토의 정문을 향해 움직여 갔다.

엘리위젤은 보도 위에 우뚝 선 채 한 발짝도 움직일 수가 없었다. 그때 수염을 말끔히 깎은 랍비가 허리는 구부정하고 등에 짐을 진 채 그 앞을 지나가고 있었다.

그가 추방자의 행렬에 끼어 있다는 사실만으로도 지금 벌어지고 있는 장면이 비현실적이라는 느낌을 더해 주었다. 그 장면은 어떤 이야기책에서, 바빌론에서 죄수나 스페인의 종교재판을 묘사한 어떤 역사소설에서 찢어낸 한 페이지와 흡사했다.

그들은 한 사람씩 한 사람씩 엘리위젤 앞을 지나갔다. 선생님들, 친구들, 그밖에도 평소 무서워했던 사람들, 한때 비웃었던 사람들, 여러 해 동안 함께 살았던 모든 사람들이 앞을 지나가고 있었다. 그들은 몰락한 몰골로 고향 집과 어린 시절의 꿈을 버려둔 채 얻어맞은 개처럼 주눅이 들어 그들의 짐과 생명을 이끌고 지나가고 있었다.

그들은 엘리위젤이 서 있는 쪽은 한 번도 거들떠보지 않고 지나갔다. 바라보는 엘리위젤을 부러워하고 있었음이 틀림없었다. 행렬은 거리의 저쪽 모퉁이에서 사라졌다. 몇 걸음만 더 가면 게토의 울타리를 완전히 벗어나게 될 것이다.

추방자들이 모두 떠나버린 거리는 갑자기 파장 거리와 흡사했다. 갖가지 물건들이 널려 있었다. 여행가방, 손가방, 서류가방, 칼, 접시, 지폐, 종이, 빛바랜 초상화 등등.

이 모든 물건은 추방자들이 가지고 가려고 생각했던 것이었지만 결국 뒤에 버려진 것이었다. 그것들은 이제 아무런 값어치도 없었다. 모든 곳의 모든 방들이 활짝 열려 있었다. 모든 출입문과 모든 창문이 허공을 향해 입을 크게 벌린 채 개방되어 있었다.

모든 것이 누구에게나 마음대로였고 주인이 없었다. 그것은 아무나 마음대로 할 수 있는 것들이었다. 그것은 활짝 열린 무덤이었다. 따가운 여름 해살만 대지를 내리쬐고 있었다.

엘리위젤 가족은 그 날 하루를 단식으로 지냈다. 그러나 배고픈 줄을 몰랐다. 모두가 지칠 대로 지쳐 있었다. 아버지는 추방자들을 게토의 출입구에까지 전송했다. 그들은 먼저 큰 회당을 통과해야 했다. 거기에서 그들은 잠시 동안 멈추어 금이나 은, 기타 값나가는 물건을 소지했는지의 여부를 조사받아야 했다. 그때 여기저기에서 날카로운 고함소리와 곤봉으로 구타하는 소리가 들렸다.

"우리가 떠날 순서는 언젠가요?"

엘리위젤은 아버지한테 물었다.

"우린 모레 떠난다. 적어도, 적어도 사태가 변하지 않는 한 말이다. 기적이 일어나지 않는 한……."

그들은 유대인들을 어디로 데려가는 것일까? 아직 아무도 그것을 모르고 있을까? 아니다, 알고 있으면서도 비밀이 철저히 지켜지고 있었던 것이다.

밤이 되었다. 그 날 저녁은 일찍 잠자리에 들었다. 아버지가 말했다.

"얘들아, 잘 자거라. 모레 화요일까지는 아무 일도 없을 게다."

월요일은 여름날의 작은 구름 조각처럼, 새벽녘의 꿈결처럼 지나갔다. 짐을 꾸리고 빵과 과자를 굽기에 바빴으므로 다른 일은 생각할 새도 없었다. 더욱이 포고문도 이미 교부받은 뒤였다.

그 날 저녁, 어머니는 아주 일찍 잠자리에 들게 하면서 힘을 내라고 타일렀다. 그것이 엘리위젤이 집에서 보낸 마지막 밤이었다. 엘리위젤은 새벽에 일어났다. 추방되기 전에 기도할 시간을 갖고 싶었기 때문이다.

아버지는 더 일찍 일어나 새로운 소식을 얻으려고 밖으로 나갔다. 아버지는 여덟 시경에 돌아왔다. 좋은 소식이 있었다. 오늘 마을을 떠나지 않아도 된다는 것이었다. 그 대신 작은 게토로 옮겨가서 마지막 호송순서를 기다리게 되어 있다고 했다. 결국 맨 마지막으로 떠나게 되었던 것이다. 오전 아홉 시, 지난 일요일에 일어났던 일이 이 날도 그대로 재현되었다. 경찰이 곤봉을 휘두르며 고함을 질러댔다.

"유대인은 모두 밖으로 나와!"

모두는 벌써 준비가 되어 있었다. 내가 제일 먼저 집을 나섰다. 부모님의 얼굴을 보고 싶지 않았기 때문이다. 울음을 터뜨리고 싶지 않았던 것이다. 모두는 이틀 전 먼저 추방되었던 사람들이 그랬던 것처럼 길의 한복판에 앉아서 기다렸다. 그 날과 똑같은 무더위와 갈증을 느끼고 견뎌내야만 했다. 그러나 우리에게 물을 가져다 줄 사람은 이제 아무도 없었다.

나는 우리 집을 바라보았다. 나는 그 집에서 여러 해 동안 하느님을 찾았으며, 거기에서 구세주의 도래를 빨리 보기 위해 단식했으며, 거기에서 내 인생이 장차 어떻게 될 것인가를 상상했었다. 그러나 나는 슬픔을 거의 느끼지 않았다. 나는 아무것도 생각하지 않았던 것이다.

"일어서! 번호!"

일어섰다, 번호를 붙였다, 앉았다, 다시 일어섰다, 같은 자리에서 같은 동작이 한 차례 되풀이되었다. 아니, 끝없이 되풀이되었다. 모두는 어서 데려다 주기를 조바심 속에서 기다렸다. 대체 그들은 무엇을 기다리는 것일까? 마침내 명령이 떨어졌다.

"앞으로 갓!"

아버지는 울었다. 아버지가 우는 것을 본 것은 그때가 처음이었다. 나는 아버지가 울 수 있다는 것을 한 번도 상상해 본 적이 없었다. 그러나 아버지는 굳은 표정으로 깊은 생각에 잠긴 채 말 한마디 없이 걸어가고 있었다. 나는 막내 누이 치포라를 바라보았다. 금발머리를 멋지게 빗어 넘기고 팔에 빨간 코트를 걸쳐든 그 애는 일곱 살 난 어린 소녀였다. 그 애가 등에 지고 있는 짐 꾸러미는 그 애에게는 너무나 무거웠다. 그 애는 이를 깨물었다. 그 애도 이제는 투정을 부려보아야 아무 소용이 없다는 것을 알아차리고 있었다. 경찰이 계속 곤봉을 휘둘러댔다.

"더 빨리!"

나에게는 힘이 남아 있지 않았다. 그러나 여행은 이제 막 시작이었다. 나는 너무나 허약했다⋯⋯.

"더 빨리! 더 빨리! 계속 걸으라구, 이 게으름뱅이 돼지야!"

헝가리 경찰은 계속 으르렁거렸다. 내가 그들을 증오하기 시작한 것은 바로 그 순간부터였다. 나의 이 증오심은 오늘날까지도 나와 그들 사이에 하나의 고리로 남아 있다. 그들은 우리의 첫 번째 압제자였다. 그들은 우리가 처음으로 만난 지옥과 죽음의 얼굴이었다.

모두는 뛰라는 명령을 받았다. 모두는 구보로 전진해 나갔다. 우리가 그처럼 강하리라고 누가 생각이나 했겠는가? 우리의 동포나 유대인이 아닌 주민들이 창문 뒤에서, 혹은 덧문 뒤에서 우리들이 지나가는 모습을 내다보고 있었다. 마침내 모두는 목적지에 도착했다. 모두는 땅바닥에 가방을 내던지며 그 자리에 쓰러졌다.

"오 하느님, 우주의 주님, 우리를 불쌍히……."

작은 게토. 3일 전만 해도 그곳에는 사람들이 살고 있었다. 그들은 지금 우리가 쓰고 있는 물건의 주인들이었다. 그들은 추방된 것이었다. 모두는 이미 그들을 완전히 망각하고 있었다.(계속 4집)

(본사 발행 홀로코스트는 전국 서점에서 판매)

뜸북새 (3)

정연웅

하지만 엄마가 아기를 업고 혼자서 참새골 긴 고랑 밭을 매실 땐 도망갈 수가 없었다. 나무하기보다도 훨씬 힘들고 오금이 절여서 배길 수가 없었다. 솔뫼의 얼굴은 햇빛에 타서 새까맣게 깜부기를 닮아갔다.

이제 오전에는 마곡산 나무를 하고 농사일을 돕는 것이 솔뫼의 하루 일과가 되고 말았다. 어느 날 엄마는 해가 지면 뒷집 서당에 가서 공부를 하라고 하셨지만 나는 서당엔 가기가 싫었다.

우선 쪼그리고 앉아서 앞뒤로 꾸벅거리며 책을 읽는 소리도 뭔 소리인지 모르겠고 뜸북이 우는 것 같기도 하여 이상하게도 가기 싫었다.

인두배미 신작로에서 만난 정백영 선생님 말씀대로 나는 마곡산엘 갈 때면 교과서를 가지고 다니며 읽고 또 읽다가 해가 질 때쯤이나 집에 돌아오곤 하였다.

하루는 나무지게를 황샛말 산잔등을 넘어 솔밭 고개쯤 오다 보니 저 멀리 소로리 건너편 송곡국민학교가 보였다. 거기서 친구들이 부르는 노랫소리가 높은 하늘에 뭉게구름을 타고 예까지 들려온다. 그럴 때면 양학골에서는 꾀꼬리도 함께 따라 노래하고 마곡산 넘어 산내리에 사는 재정이와 수만이 노래 소리도 들려와 당장이라도 뛰어가고 싶어진다. 그 동무들은 짝꿍들이었다.

엄마가 채독병에 걸려 마곡산 너머 산내리에 있는 약국을 찾아갔을 때 재정이네 집을 찾아갔으나 학교에 가고 없어 무척이나 서운했다.

어느 날 하루는 그 동무들이 하도 보고 싶어 집에 가다가 나무지게를 교문 밖에 세워놓고 솔뫼 동무들이 있는 2-1 교실을 찾아가 보았다. 그러나 너무 늦어 친구들은 이미 집에 가고 교실은 텅 비어 있었다. 교실 뒤편 게시판에 내가 그린 호밀밭 그림이 아직도 그대로 붙어 있었다. 그림을 그리고 싶었다. 호밀밭 속에 련이 누나도 그려 넣고 싶었고 재정이와 수만이도 그려 넣고 싶었다.

그 다음 어느 날 나는 몇 개의 달아빠진 크레용을 가지고 가서 나뭇지게를 교문 밖에 세워 놓고 또 2-1 교실로 들어갔다. 이날도 늦은 시간이라 교실은 텅 비어 있었다.

솔뫼네 교실 게시판에 붙어있는 호밀밭 그림을 조심스럽게 침을 발라 떼어냈다.

나는 솔뫼의 책상에 가서 그림을 그리기 시작했다. 그

호밀밭 그림 속에 빨간 댕기를 맨 런이 누나와 재정이 그리고 수만이를 그려 넣었다. 그리고 나서 그 옆에 나도 그려 넣었다. 그리곤 다시 게시판에 그대로 붙이고 일어서는데 뒤통수가 이상해 돌아다 보니 복도에서 나를 지켜보는 안경잡이가 보였다. 나는 안경잡이 교감 선생님을 따라 결국 교무실로 끌려 들어갔다. 교실에는 학교 건너편에 사시는 2학년 담임 양 선생님과 1학년 때 담임 선생님이셨던 심 선생님이 계셨다

교감선생님은 문 앞에 고개를 푹 수그리고 죄인처럼 꿇어앉은 나를 가리키며 크게 소리를 질렀다.

"아, 이 녀석이 몰래 남의 교실에 들어와 작품을 떼어내기에 지켜봤더니 거기다 개칠을 하여 작품을 엉망으로 만들어 놓기에 붙잡아 왔습니다. 이 놈이 어떤 놈인지 알아보시고 벌을 줘서 내 보내세요"

도둑으로 몰린 것 같았다. 그림을 훔치려는 것은 아니었는데─ 교감선생님은 빈 교실에 혼자 들어와서 그림을 떼어냈으니 도둑으로 보신 것이다.

"야─임마 너 내가 아니냐?"

담임선생이신 황선생이 벌떡 일어나시더니 솔뫼 곁으로 와서 자초지종을 물어보셨다.

황선생님은 교감선생님에게 솔뫼한테 들은 대로 보고

하는 바람에 나는 풀려났다. 1학년 때 담임선생이셨던 심선생님은 솔뫼의 머리를 쓰다듬으며 도화지 십여 장을 주셨고 2학년 담임선생인 황선생님은 크레용 한 곽을 주셨다.

그때 양선생(여선생)은 왜 학교에 안 오는지를 캐물었지만 나는 대답을 하지 못했다. 선생님들은 교문 밖에 세워둔 나뭇지게를 가리키며 물었다.

"저게 네 지게냐?"

나는 고개만 끄덕였다. 나는 도화지와 크레용을 가지고 고맙다는 인사도 제대로 못하고 교무실을 빠져 나왔다 며칠 후 내가 그린 그림을 다시 담임선생님께 가져다 드렸다. 먼저 그림 위에 덧그려 엉망이 된 그림을 떼어내고 새로 그린 그림을 그곳에 붙였다.

초가집 뒤엔 소나무가 있고 복숭아꽃이 만발한 울타리가 그려져 있다. 그 집 앞에 호밀밭이 있고 호밀밭 사이로 꼬불꼬불 오솔길이 나온다. 그 오솔길엔 빨간 댕기를 틀어 맨 련이 누나가 있었고 잠자리 채를 들고 웃통을 벗어버린 재정이와 수만이, 그리고 나를 그려 넣은 그림을 교체하여 붙이고 나서 나뭇지게를 다시 걸머지고 신작로를 가로질러 논밭들을 지나 땅거미가 질 때쯤 십리 길을 걷다 보니 날은 저물었고 마곡산 너머에선 호랑이 눈썹달이 나를 흘켜 보고 있었다. 멀리 보이는 마을 동구 밖에 초롱불빛이 반짝인다.

솔뫼 눈에는 솔뫼의 엄마가 들고 서 있는 초롱불은 틀림이 없어 보이나 엄마 얼굴은 보이지 않고 초롱불만 크게 보였다. 날이 저문 데도 마곡산에 간 내가 날이 어두워도 돌아오지 않자 호랑이한테 잡혀간 것 같아 초롱불을 켜들고 한발 한발 찾아 나오시는 중이었단다.

그 다음부터 나는 나뭇지게에 교과서와 도화지 그리고 크레파스를 짊어지고 다녔다. 아버지가 미리 해놓으신 삭정구만 짊어지면 그때부턴 책을 읽고 그림을 그리는 재미로 하루해를 짧게 보냈다.

나는 2학년 교과서를 몇 번이고 다 읽어 외워 버렸다. 언젠가는 학교를 가게 될 것이고 그땐 반장인 원교를 따라잡아야 하기 때문이다. 그런 생각이 들 때마다 나는 불현듯 학교가 가고 싶어졌다. 하루는 아침에 친구들이 학교를 가자고 찾아왔다.

"솔뫼야, 선생님이 너 데리고 오래."

나는 엄마한테 학교에 가고 싶다고 했다. 그러나 엄마 대답은,

"솔뫼, 아직은 학교에 못 보낸다. 너희끼리나 가거라. 담임선생님께 한번 찾아가 뵙겠다고 전해 드려라."

엄마는 말끝을 흐리며 솔뫼의 손을 잡고 집으로 들어가셨다.

"솔뫼야, 조금만 참아, 아버지 곧 오시게 될 거야.

그때까지만 참고 기다려."

책가방을 둘러멘 친구들은 어느새 자재기 뜰 호밀밭을 지난다.

"솔뫼야아아!"

손을 흔들며 뛰어가는 친구들이 부러웠다. 그래서 나는 더 이상 참을 수가 없었다. 나뭇지게를 팽개치고 억지를 부리기 시작했다.

"나무 하러가기 싫어어! 학교 갈거야."

나는 흙마당을 뒹굴며 소리 내어 앙앙 울어댔다. 옷은 진흙 바닥에 엉망이 됐고 눈물 콧물에 얼굴도 엉망이 되고 말았다. 부지깽이를 든 엄마도 물동이를 이고 가던 련이 누나도 눈물을 훔치고 있었다.

오늘따라 뒷동산 뻐꾸기는 이른 아침부터 슬피도 울어댔다.

아버지 통소가 깨지다

어느 날 나는 어제와 같이 오늘도 말바위에 빈 지게를 받쳐놓고 아버지가 숨어 있는 바위 굴 아래로 갔다. 어제 밤에 가져다 넣어둔 주먹밥이 그대로 있고 쌓여 있어야 할 삭정이 나무가 하나도 없었다..

아무리 통소를 불어 봐도 아무 반응이 없었다. 그날은 산 깊이 올라가 내가 삭정이를 따 가지고 늦게야 산을 내려왔다.

전날 밤 학교에 보내달라고 떼를 쓰던 나는 몸살로 밤새도록 앓아누웠다. 그러나 네가 가지 않으면 아버지가 굶어 죽는다는 엄마의 성화에 못 이겨 가기 싫지만 나뭇지게를 짊어지고 주먹밥을 받아 들었다.

오늘은 특별이 쑥 개떡도 한쪽 주시며 나뭇지게에 동여매 주셨다. 십리 길을 재촉하여 말바위를 올라왔지만 물소리, 새소리만 들릴 뿐 아버지의 그림자는 오늘도 보이지 않았다.

"아버지이이!"

그러나 아무 반응이 없었다

더 이상한 것은 어제 숨겨 두고 간 주먹밥 보자기가 그대로 있고 말바위 밑에 있어야 할 삭정이 나무가 한 묶음도 없는 것이다.

몇 번이고 아버지를 불러보고 몇 번이고 통소를 불어도 아버지의 휘파람 소리나 딱따구리 소리는 들려오지 않고 통소 소리만 산새를 넘고 넘어 허공에 메아리로 울려 퍼졌다.

하지만 물소리, 새소리가 한데 어우러져 나는 왠지 작년 봄에 왔던 소풍 생각에 잠겨 뻐꾸기가 울어대는 소리를 따라 한 걸음, 한 걸음 오솔길을 따라 들어갔다.

그러나 말바위에서 울던 뻐꾸기 소리는 점점 멀어져만 가고 계곡은 점점 깊어지고 드디어 폭포수 절벽이 길을 막아섰다.

나는 흠뻑 젖은 잠방이를 벗어던지고 풍덩, 폭포로 뛰어들었다. 조용한 산속에 폭포소리와 쓰르라미 소리가 어울려 아름다운 하모니를 만들어냈다.

숲속의 동물원같이 이름 모를 잡새들도 함께 합창을 하니 나무할 생각까지 잊어버렸다. 다시금 물속에서 아버지를 불러 보았지만 아직도 아무 신호가 없다.

그러나 깊게 들어온 계곡은 천천히 어두워지고 있었다.

산새들은 넘어가는 해가 안타까운 듯 더욱 세차게 산속을 파고들며 울어댔다. 나는 그놈들 때문에 정신이 팔려 있다가 푸드득 나는 솔개 소리에 놀라 정신을 차렸다.

'아버지－　아버지—"

다시 한 번 아버지를 불러 봤지만 폭포소리, 산새소리에 가려 메아리조차 들려오지 않았다.

그 뒤 알려진 바에 의하면 산속에 숨었던 아버지는 괴뢰군에게 들켜서 북으로 끌려가시고 지금까지 소식이 없다. 살아계시면 백 세 살이실 테니 어머니는 백 년 동안 아버지를 기다리시다가 슬픈 뜸북새가 되어 하늘로 가셨다.

웃는 얼굴에 침 못 뱉지

멋진 남편

외아들을 둔 부자 부부가 자식을 대학 졸업시켜 대졸 며느리를 보고 남부럽지 않게 살았다. 시어머니는 며느리가 하는 일이 마음에 들지 않아 잔소리를 자주 했고, 며느리는 점점 늘어만 가는 시어머니에 대한 불만이 쌓였다. 어느 날 시어머니가 잔소리를 하자,

"어머님, 대학도 안 나온 주제에 말도 안 되는 잔소리는 그만 하세요."

그 뒤로는 시어머니가 뭐라고만 하면, "대학도 못 나온 주제에 그만하세요."

결국 며느리 구박받는 처지가 되었다. 시어머니는 남편에게 하소연했다.

"며느리가 내가 대학을 안 나왔다고 너무 무시하네요."

그러자 시아버지가 며느리를 조용히 불러,

"시집살이에 고생이 많지? 친정에 가서 오라 할 때까지 푹 쉬거라."

그리하여 친정으로 간 며느리는 한 달이 지나도 시아버지 연락이 없자 먼저 연락을 했다.

"아버님, 저 돌아가도 되나요?"

시아버지 대답

"아니다. 시어머니가 대학을 졸업하면 그때 오거라."

부부 싸움

남편은 오늘 하루 종일 부인과 말 한마디 하지 않고 냉전 중이다. 그래도 배는 고파 부인에게 소리쳤다.

"안방으로 밥 좀 가져다줘!"

얼마 후 누군가가 안방 문을 두드리더니.

"퀵서비스입니다."

그 소리에 남편이 방문을 열어보니 퀵서비스 배달원이 밥상을 들고 서 있는 게 아닌가!

"이게 무슨 일이오?"

"아주머니께서 부엌에서 안방까지 밥상 좀 배달해 달라고 하시네요."

황당한 남편이 밥상을 받자! 배달원,

"착불입니다."

번데기 앞에서 주름잡기

어느 날 개 한 마리가 정육점에 들어 와서 정육점 주인이 어떻게 해보기 전에 고기 한 근을 물고 도망갔다. 다행이 그 개는 평소에 낯이 익던 변호사 집에서 키우는 개였다. 그래서 그 정육점 주인은 그 변호사 집에 찾아가서. 만약에 어떤 개가 저의 집 정육점에 뛰어 들어와 고기를 물고 나갔다면 그 개의 주인에게 고기값을 달라고 할 수 있습니까? 했다.

변호사 ; 당연히 개주인은 개의 사용인으로서 그 고기 값을 물어줘야지요. 위자료도 주어야지요. 그런데 그 개의 주인이 누구랍니까?

정육점 주인 ; 바로 당신네 개가 그랬습니다! 그것도 5만 원 짜리 고기를 물어갔습니다. 그 변호사는 당혹한 표정을 지으면서 고기값 5만 원에 위자료 1만원을 지불 하였고 정육점 주인은 의기양양 돌아갔다. 다음날. 정육점 주인은 우편으로 이런 청구서를 받았다.

'법률 상담료 30만 원 청구 합니다.'

'뭐여?'

메뚜기의 위기관리

메뚜기가 하루살이를 때렸다. 그러자 하루살이는 자기 친구들 2.000.000마리를 데리고 메뚜기에게 복수하러 갔다. 하루살이들이 메뚜기를 포위하고 마지막 소원이 있으면 말하라고 했다.

그러자 메뚜기가 소원을 말했다.

"내일 싸우자!"

장수마을 105세 어르신 장수비결

"장수 비결이 뭡니까?"

"안 죽으니깐 오래 살지!"

"올해 연세가 어떻게 되세요?"

"다섯 살밖에 안 먹었어."

"네? 무슨 말씀이신지…."

"100살은 무거워서 집에다 두고 다녀."

낙천적이고 긍정적인 생각이 장수의 비결이란 말이지요.

105세 어르신과 시골 장터를 걷는데,

앞에서 90세가 넘어 뵈는 할머님이 걸어오십니다.

"어르신, 저 할머니 한번 사귀어 보시죠? 한 70쯤 되어 뵈고 예쁘시구면."

"뭐야? 이놈이…. 저런 할망구 데려다 뭔 고생하라고."

할머님이 그 얘길 들었으면 자살하셨을지도 모를 일이지요. 전 그 장수 어르신의 끝 말씀이 제 생활의 지표가 되고 도움이 됩니다.

"저, 어르신. 105년 살면서 많은 사람들이 어르신 욕하고 음해하고 그래서 열 받았을 텐데, 그걸 어떻게 해결하고 이렇게 오래 사세요? 우리 같으면 못 참고 스트레스 받아서 죽었을 텐데요."

그랬더니 너무나 간단한 답을 주셨다.

"그거야 쉽지. 욕을 하든 말든 내버려뒀더니 다 씹다가 먼저 죽었어. 나 욕하던 녀석은 세상에 한 놈도 안 남았어."

틀리기 쉬운 우리말

거에요 → 거예요

구좌 → 계좌

끝발 → 끗발

나날히 → 나날이

남여 → 남녀

눈꼽 → 눈곱

닥달 → 닦달

대중요법 → 대증요

댓가 → 대가

더우기 → 더욱이

두리뭉실 → 두루뭉술

뒤치닥거리 → 뒤치다

꺼리

뗄래야 → 떼려야

만듬 → 만듦

머릿말 → 머리말

몇일 → 며칠

배개 → 베개

비로서 → 비로소

빈털털이 → 빈털터리

상승율 → 상승률

생각컨데 → 생각건대

섥히다 → 설키다

승락 → 승낙

아니예요 → 아니에요

아뭏든 → 아무튼

안되 → 안 돼

안밖 → 안팎

알아맞춰 → 알아맞혀

어떻해 → 어떡해

오랜동안 → 오랫동안

오랫만에 → 오랜만에

왠일 → 웬일

윗층 → 위층

유모어 → 유머
일찌기 → 일찍이
잇점 → 이점
자그만치 → 자그마치
바램 → 바람
자랑스런 → 자랑스러운
째째하다 → 쩨쩨하다
쪽집게 → 족집게
천정 → 천장
구좌 → 계좌

촛점 → 초점
칠흙 → 칠흑
통털어 → 통틀어
하건데 → 하건대
하마트면 → 하마터면
윗어른 → 웃어른
하십시요 → 하십시오
할려고 → 하려고
설레임 → 설렘

같은 글자가 음이 다른 한자

降 (강) 降雨(강우), 急降下(급강하)
　　(항) 降伏(항복), 投降(투항)
更 (갱) 更生, 更紙(갱지)
　　(경) 甲午更張(갑오경장), 更迭(경질)
乾 (건) 無味乾燥(무미건조), 乾坤(건
　　(간) 乾物(간물), 乾淨(간정)
見 (견) 見物生心(견물생심), 見聞(견문
　　(현) 謁見(알현)
契 (계) 契約(계약), 契機(계기)
廓 (곽) 輪廓(윤곽), 城郭(성곽)
　　(확) 廓然(확연), 廓正(확정)
句 (구) 句讀(구독), 文句(문구)
　　(귀) 詩句(시구), 句節(구절)
龜 (구) 龜浦(구포)
　　(귀) 龜鑑(귀감)
　　(균) 龜裂(균열)
金 (금) 金品(금품), 賞金(상금)
　　(김) 金氏(김씨), 金浦(김포)

內 (내) 內憂外患(내우외환), 案內(안내)
　 (나) 內人(나인)
丹 (단) 一片丹心(일편단심), 丹靑(단청)
　 (란) 牡丹(모란)
糖 (당) 糖分(당분), 葡萄糖(포도당)
　 (탕) 雪糖(설탕)
宅 (댁) 宅內(댁내)
　 (택) 住宅 (주택), 宅地(택지)
度 (도) 度外視(도외시), 年度(연도)
　 (탁) 忖度(촌탁), 度支部(탁지부)
讀 (독) 讀書三昧(독서삼매), 耽讀(탐독)
　 (두) 吏讀文(이두문), 句讀(구두)
洞 (동) 洞里(동리), 洞窟(동굴)
　 (통) 洞察(통찰), 洞燭(통촉)
木 (목) 材木(재목), 草木(초목)
　 (모) 木瓜(모과)
復 (복) 復歸(복귀), 恢復(회복)
　 (부) 復活(부활), 復興(부흥) (4집에 ㅎ까지 계속됨)

틀리기 쉬운 비슷한 漢字

【ㄱ】

佳(아름다울 가)—佳景(가경 : 좋은 경치)

   往(갈 왕)   —往復(왕복 : 갔다가 돌아옴)

   住(살 주)   —入住(입주 : 들어가서 사는 것)

假(거짓 가)   —假面(가면 : 얼굴에 쓰는 탈)

   暇(겨를 가) —休暇(휴가 : 학교나 직장 등에서

                        일정한 기간 쉬는 일)

干(방패 간)   —干戈(간과 : 전쟁에 쓰이는 무기)

   于(어조사 우)—于今(우금:지금에 이르기까지)

渴(목마를 갈) —渴望(갈망 : 몹시 바람)

   謁(뵐 알)   —拜謁(배알 : 삼가 만나 뵈옴)

   喝(큰소리 갈)—一喝(일갈 : 한번 큰 소리를 침)

客(손 객)   —客室(객실 : 손님이 쓰는 방)

   容(얼굴 용) —美容(미용 : 얼굴을 곱게 함)

巨(클 거)   —巨大(거대 : 아주 큼)

   臣(신하 신) —忠臣(충신 : 충성스런 신하)

擧(들 거)   —擧手(거수 : 손을 듦)

   譽(기릴 예) —名譽(명예:자랑이나 이름 높은 평판)

堅(굳을 견)　　―堅固(견고 : 아주 굳음)

　緊(급할 긴)　―緊急(긴급 : 아주 급함)

驚(놀랄 경)　　―驚嘆(경탄 : 놀라 탄식함)

　警(경계할 경)　―警告(경고 : 경계하여 알림)

經(지날 경)　　―經歷(경력 : 겪어 지내온 일)

　徑(길 경)　　―直徑(직경 : 지름)

苦(괴로울 고)　―苦樂(고락 : 괴로움과 즐거움)

　若(젊은 약)　―老若(노약 : 늙은이와 젊은이)

曲(굽을 곡)　　―曲木(곡목 : 굽은 나무)

　典(책 전)　　―辭典(사전 : 단어를 모아 그 발음
　　　　　　　　과 뜻을 풀이한 책)

困(곤할 곤)　　―貧困(빈곤 : 가난해서 구차함)

　因(말미암을 인)―因果(인과 : 원인과 결과)

功(공 공)　　　―功勞(공로 : 힘쓴 공덕)

　切(끊을 절)　―切斷(절단 : 끊어냄)

橋(다리 교)　　―鐵橋(철교 : 쇠로 만든 다리)

　僑(나그네 교)　―僑胞(교포 : 외국에 나가 있는
　　　　　　　　동포)

(4집에 계속됩니다)

깊이 박힌 일본말

우리는 세계 제1의 훌륭한 문자 한글을 가진 국민이
다

그런 우리가 생활 속에 깊이 박힌 일본말을 뽑아내지
못하고 있다. 우리글 우리말을 바로 알고 바로 쓰자.

난닝구(running-shirts) -〉 런닝셔츠

다스(dosen) -〉 타(打), 묶음, 단

돈까스(豚pork-cutlet) -〉 돼지고기 튀김

 (발음이 어려워 이상하게 변형시킨 대표적인 예)

레미콘(ready-mixed-concret) -〉 양회반죽

레자(leather) -〉 인조가죽

만땅(滿-tank) -〉 가득 채움(가득)

맘모스(mammoth) -〉 대형, 메머드

메리야스(madias:스페인어) -〉 속옷

미싱(sewing machine) -〉 재봉틀

백미러(rear-view-mirror) -〉 뒷거울

빵꾸(punchure) -〉 구멍, 망치다

뻥끼(pek:네델란드어) -〉 칠, 페인트

사라다(salad) -〉 샐러드

스덴(stainless) -〉 녹막이,

스테인리스(스덴(stain)만 쓰면 얼룩, 오염, 흠'이란
뜻이 되므로 뒤에 '리스(less)'를 붙여야 된다)

엑기스(extract) -〉 농축액, 진액

오바(over coat) -〉 외투

자꾸(zipper, chuck) -〉 지퍼

조끼(jug) -〉 저그(큰잔, 주전자, 단지)

츄리닝(training) -〉 운동복,

후앙(fan) -〉 환풍기

해외 여행기 (프랑스 1)

심혁창

파리 시내서 지하철을 세 번 바꾸어 타고 간 곳이 유명한 몽마르트르 언덕, 상상의 언덕은 간 곳 없고 높은 계단이 버티고 가로막고 곁에 에스컬레이터가 돈 내고 올라가란다. 거의 가 타고 올라갔다.

나도 걷지는 못했고 그 걸 타고 올랐다. 1876년부터 40년에 걸쳐 지어진 빈잔틴 양식으로

파리 시내가 내려다보이는 몽마르트 언덕에서

몽마르트르 언덕 위의 성당

몽마르트르 언덕의 성당이다. 프로이센-프랑스 전쟁에서 패한 프랑스가 자존심을 세우기 위해 성금을 모아 지었다고 한다.

내 상상의 언덕은 숲이 있고 잔디밭이 있고 거기 챙이 넓은 아가씨가 파란 눈에 기다리는 사람이 있으려니 했는데 전혀 그것이 아니었다.

온 세상에서 모여든 인종 종합 전시장이었다. 검은 사람, 하얀 사람, 누런 사람, 희도 검도 않은 사람. 게다가 별별 언어에 별별 옷차림은 개미집같이 붐볐다

해발 129m의 야트막한 몽마르트르 언덕은 쌩 드니 St.

Denis 가 순교한 곳이라 '순교자의 언덕'이라고도 부른다
고 한다.

19세기말에는 르누아르· 고흐· 로트렉· 피카소 등 가난한
예술가들이 하나둘 모여들어 예술가촌을 형성했다고 함.
그러나 무도장 등 유흥업소가 난립하면서 상업화해 가는
풍토에 환멸을 느낀 예술가들이 몽빠르나스 지역으로 이
주하면서 지금은 관광객을 상대로 돈벌이하는 예술가와
섹스 숍이 즐비한 환락의 거리로 전락.

　몽마르트르 언덕에는 성당 뒷골목에 화가들이 있어서
낭만적이다. 골목을 돌아서면 거리의 화가가 조각처럼 혹
은 그림들처럼 앉아 손님을 기다렸다.

성당 뒤 예술촌

마치 자기가 기차나 되는 것처럼 골목을 누비는 관광차

 호호 할머니 화가도 있고 원숭이처럼 깡마른 얼굴에 수염
이 눈만 열어 놓은 화가도 있고 정말 예뻐서 만져보고 싶
은 여자 화가도 있고 어떤 사람은 거저 그려준대도 다가가
기가 무서운 화가도 있었다.

 그 골목을 여러 모양의 인종이 물결처럼 이동한다. 나
도 거기 끼어 가다가 가장 익살스런 그림을 그리는 화가
앞의 비딱한 의자에 걸터앉아 피로한 발을 멈추었다.

 비좁은 골목길을 네 량의 꼬리를 단 관광버스가 마치
기차나 되는 것처럼 모양을 내고 레일도 없는 돌바닥을 덜
덜거리며 달렸다.

화가가 자기 실력을 보여주는 미녀 그림

달리는 속도는 한국의 우마차 정도에 승차감마저 마차

탄 기분. 이 차가 지나가면 사람들이 길을 비켜주며

화가가 자기 작품을 전시한 그림

화가가 거리에서 그림 그리는 모습

웃음을 나눈다. 화가가 득실거리고 사람이 물결치는 골목 그림 광장 한 귀퉁이에 원로(?)들이 추녀 아래 나란히 앉아 한가롭게 맥주를 마시며 지나가는 사람도 보고 담소를 했다.

우리나라 파고다 공원에 모인 노인들처럼 한가하게 보이는데 어쩌면 미술에 박식한 전문가인지도 모른다.

굉장히 넓은 마당인데 화가들과 사람들이 얼마나 많은지 어지러웠다.

「노트르담의 꼽추」로 우리에게 널리 알려진 노트르담 성당을 둘러보았다. 수천 평 광장에 비교적 젊은 사람들이 붐비고 있었다.

이 성당은 쌩 루이 섬 동편에 자리 잡고 있으며 우리

나라 서울을 예로 들면 여의도와 비슷하게 센 강이 두 갈래로 갈리는 지점에 형성된 여의도 5분의 1(?)쯤 되는 작은 섬이다.

노트르담 꼽추로 유명한 건물

노트르담 대성당은 세계에서 최초로 벽날개를 사용한 건물인데 이 대성당은 원래 성가대석과 중랑(中廊) 주변에는 벽날개를 달도록 설계된 것이 아니었다. 그런데 공사가 시작되자 (고딕 양식에서 유행한) 꽤 얇은 벽들이 점점 높아지면서 커다란 균열이 벽 밖으로 밀릴 때 생겼다. 그래서 성당의 건축가들은 바깥벽 주변에 지지 벽을 만들었던 것이다.

이 대성당은 지금도 로마 가톨릭교회의 교회 건물로서

건물 추녀 밑에 줄지어 앉아 예술을 즐기는 사람들

파리 대주교좌 성당으로 사용되고 있다. 노트르담 대성
당은 프랑스 고딕 건축의 정수로 알려졌다. 프랑스의 유
명한 건축가 비올레르뒤크에 의해 파괴된 것이 복구되었
다. 〈노트르담〉은 "우리의 귀부인"이라는 프랑스어다(성
모 마리아를 의미).

노트르담의 꼽추 개략

빅토르 위고 작 / 1831년 출간된 소설 / 빅토르 위고가 28세 때

노트르담의 꼽추 이야기는 꼽추에 귀까지 먼 불운한 청
년 콰지모도와 아름다운 집시 에스메랄드와의 이루지 못
한 사랑이야기다.

노트르담 성당이 유명해진 것은 이 소설의 배경이 된
후부터다. 에스메랄드라는 예쁜 집시에게 반하지만 그녀

성당 앞 관광객이 붐빈다

는 피버스라는 장교를 사랑하고 나중엔 둘 다 죽는다.

콰지모도는 출생을 알 수 없는 노트르담 사원의 종지기다. 그는 태어난 이래 클로드 프롤로에 의해 인간의 세상으로부터 격리되었다.

출생의 비밀을 알지 못하는 흉측한 노트르담의 종지기 콰지모도는 대성당 밖으로 나가본 적이 없으며, 석상 빅터, 휴고, 라베르네와 어울려 즐거운 생활을 했다.

성당 밖을 나가고 싶은 콰지모도는 만우절 날 가장행렬 구경을 나가 집시 에스메랄드를 보고 한눈에 반한다.

바보 흉내 내기로 왕을 뽑는 만우절 행사에서 콰지모도가 나가서 바보짓을 하여 왕으로 뽑힌다.

하지만 환호하던 사람들이 콰지모도가 변장한 것이 아

니라 실제 얼굴임을 알고 모두가 증오하고 공격한다. 그 때 에스메랄드가 콰지모도를 위기에서 구해준다.

비서 피에르 그랭구와르는 왕국에서 사형을 면하고 에스메랄드와 결혼한다. 그런데 콰지모도의 양아버지인 주교가 질투로 에스메랄드를 감옥에 넣는다.

콰지모도는 에스메랄드를 사랑했기 때문에 그녀를 구해준다. 에스메랄드는 콰지모도가 외모는 흉해도 마음이 곱다는 것을 안다. 에스메랄드는 주교의 청을 들어주지 않고 죽음을 택하여 죽임을 당한다.

그 사실을 알고 분노에 찬 콰지모도는 주교를 죽이고 자기도 난간 아래로 뛰어내려 죽는다. 성당 종지기와 아름다운 에스메랄드의 사랑을 그린 15C 낭만파 소설의 백미다. (다음호 계속)

刮目相對 괄 목 상 대	학식이 현저하게 높아진 데 놀람. 刮目相对
矯角殺牛 교 각 살 우	소의 뿔을 고치려다가 소를 잡는 다는 말로, 더 잘하려다 더 잘 못됨 矫角杀牛
巧言令色 교 언 영 색	아첨하는 교묘한 말과 보기 좋게 꾸미는 얼굴. 巧言令色
交淺言深 교 천 언 심	교분은 얕은데 심중의 깊은 것 을 함부로 말함. 交浅言深
敎學相長 교 학 상 장	남을 가르치거나 남에게 배우 는 것이 모두 나의 학업을 증진 시킴. 教学相长
九曲肝腸 구 곡 간 장	굽이굽이 깊이 든 마음 속. 九曲肝肠
救國干城 구 국 간 성	나라를 구하는 믿음직한 군인 이나 인물. 救国干城

狗尾續貂 구 미 속 초	훌륭한 것에 하찮은 것이 뒤를 이음. 狗尾续貂
口蜜腹劍 구 밀 복 검	입으로는 달콤하게 말하나 뱃속에 는 칼을 품음. 겉으로는 친절하나 마 음속은 음흉함. 蜜腹剑
九死一生 구 사 일 생	죽을 고비를 겪고 간신히 목 숨을 건짐. 九死一生
口尚乳臭 구 상 유 취	입에서 젖내가 남. 언행이 유 치함을 이름. 口尚乳臭
九牛一毛 구 우 일 모	많은 것 중 극히 적은 것. 九牛一毛
求田問舍 구 전 문 사	국사에는 뜻이 없고 자기 이 익에만 마음을 씀. 求田问舍
九折羊腸 구 절 양 장	아홉 번 꺾인 창자처럼 살기 가 어려움. 九折羊肠
群鷄一鶴 군 계 일 학	많은 사람 가운데 출중한 인 물. 群鸡一鹤

軍令泰山
군 령 태 산

군대의 명령은 태산같이 무거움.　　軍令泰山

君子三樂
군 자 삼 락

군자의 세 가지 낙.
첫째는 부모 형제가 무고하고,
둘째는 하늘과 사람에게 부끄러울
것이 없고, 셋째는 훌륭한 영재를 얻
어 교육하는 것.　　君子三乐

窮餘之策
궁 여 지 책

매우 어려운 가운데 짜낸 한
가지 계책.　　穷馀之策

勸善懲惡
권 선 징 악

착한 행실을 권장하고 악한
행실을 징계함.　　劝善惩恶

捲土重來
권 토 중 래

실패한 뒤에 힘을 가다듬어
다시 일어남.　　卷土重来

近墨者黑
근 묵 자 흑

나쁜 사람과 사귀면 나쁜 물
들기 쉬움.　　近墨者黑

金科玉條
금 과 옥 조

금이나 옥같이 귀중한 규정.
　　金科玉条

金蘭之契
금 란 지 계

매우 친밀한 교분.
　　金兰之契

錦上添花	좋은 일에 더 좋은 일이 보
금 상 첨 화	태어짐. 锦上添花

琴瑟之樂	부부 사이의 다정하고 화목
금 실 지 락	한 즐거움. 琴瑟之乐

錦衣夜行	비단 옷을 입고 밤길 걷기.
금 의 야 행	즉 보람 없는 행동. 锦衣夜行

錦衣還鄕	성공하여 고향으로 돌아옴.
금 의 환 향	锦衣还乡

金枝玉葉	귀여운 자손.
금 지 옥 엽	金枝玉叶

氣高萬丈	기세가 등등함.
기 고 만 장	气高万丈

騎虎之勢	범을 탄 사람이 내리면 물려
기 호 지 세	죽을까봐 내릴 수 없는 것처럼 물러설 수 없는 형세. 骑虎之势

難攻不落 난 공 불 락	공격하여 쳐부수기 어려움	.难攻不落
爛商討議 난 상 토 의	낱낱이 들어 엄밀히 토의함.	烂商讨议
難兄難弟 난 형 난 제	형 아우를 가리기 어렵다는 말로 우열을 분간키 어려움.	难兄难弟
南柯一夢 남 가 일 몽	덧없는 한때의 부귀나 행복 을 일컬음.	南柯一梦
男負女戴 남 부 여 대	가난한 사람이 떠돌아다니 는 모양.	男负女戴
內富外貧 내 부 외 빈	겉으로는 가난한 듯하나 속 으로는 부자.	内富外贫
內柔外剛 내 유 외 강	속은 부드러우나 겉으로는 강해 보임.	内柔外刚

스마트 북 울타리 제2집 후원하신 분들

정연○	100,000원	이석○	7,000원
최용○	300,000원	심은○	30,000원
최강○	30,000원	유영○	30,000원
안승○	30,000원	표만○	7,000원
김영○	30,000원	임성○	7,000원
김어○	30,000원	김명○	7,000원
이정○	30,000원	주현○	30,000원
박경○	60,000원	박영○	30,000원
김소○	100,000원	조성○	120,000원
박찬○	30,000원		(이상열)
	(이상열)	한평○	30,000원
이주○	30,000원	엄기○	100,000원
최원○	300,000원	박주○	30,000원
전형○	7,000원	정기○	7,000원
김상○	7,000원	방병○	7,000원
손경○	7,000원	유지○	7,000원
박정○	60,000원	이상○	300,000원
다가○	30,000원	신외○	50,000원
	(이상열)	김팡○	7,000원
이정○	150,000원	서광○	7,000원
백근○	100,000원	정하○	7,000원
홍성○	7,000원	오연○	60,000원
김성○	7,000원	김순○	7,000원
차희○	7,000원		(입금순)

울타리 한 권만 후원해 주셔도 출판문화수호캠페인에
큰 힘이 됩니다. 후원하신 분께 감사드립니다.